2M855

ODES, SONNETS

ET AUTRES

POÉSIES GENTILLES

ET FACÉTIEUSES

De Jacques TAHUREAU

Réimprimées textuellement sur l'édition très-rare
de Poitiers, 1554, augmentées d'une Préface et
de Notes biographiques sur les personnages
nommés dans les Poésies de Tahureau

Par Prosper BLANCHEMAIN

Membre de la Société des Bibliophiles François

GENÈVE

CHEZ J. GAY ET FILS, ÉDITEURS

1869

POÉSIES

DE

JACQUES TAHUREAU

RARETÉS BIBLIOGRAPHIQUES

REIMPRESSIONS, FAITES POUR UNE SOCIÉTÉ DE BIBLIOPHILES, A CENT EXEMPLAIRES NUMÉROTÉS :

96 sur papier de Hollande
et 4 sur papier de Chine
plus trois sur peau vélin

Exemplaire Nᵒ 61.

Genève.— Imp. L. Czerniecki, Pré-l'Évêque, 40

ODES, SONNETS

ET AUTRES

POÉSIES GENTILLES

ET FACÉTIEUSES

De Jacques TAHUREAU

Réimprimées textuellement sur l'édition très-rare
de Poitiers, 1554, augmentées d'une Préface et
de Notes biographiques sur les personnages
nommés dans les Poésies de Tahureau

PAR PROSPER BLANCHEMAIN

Membre de la Société des Bibliophiles François

GENÈVE

CHEZ J. GAY ET FILS, ÉDITEURS

—

1869

PRÉFACE DE L'ÉDITEUR

Le présent volume forme, avec les *Mignardises de l'Admirée,* l'ensemble des poésies de Jacques Tahureau (du Mans). Nous y avons fait entrer non-seulement les vers qu'il a donnés en 1554 à Poitiers, mais encore l'Oraison au Roi Henry II, sur la grandeur de son règne et l'excellence de la poésie française (1555), avec les poëmes joints à ce discours et qui n'ont jamais été reproduits intégralement.

Nous avons suivi pas à pas l'excellente et rarissime édition de 1554, imprimée sous les yeux de Tahureau lui-même. La seule liberté que nous ayons prise consiste dans le remplacement du titre banal de *Premières Poésies,* par celui de : *Odes, Sonnets et autres poésies gentiles et facétieuses,* emprunté à l'édition de Benoist Rigaud (Lyon, 1574, in-16), comme plus piquant et plus significatif.

La révision du texte, comme pour les *Mignardises Amoureuses*, a été faite avec la plus grande attention. Des notes biographiques groupées à la fin du livre et recueillies en grande partie dans la Bibliothèque de Lacroix du Maine, jettent quelques lumières sur des personnages aujourd'hui oubliés, avec lesquels Tahureau se trouvait en rapport d'amitié.

Les soins minutieux apportés à ces recherches seront sans doute appréciés des Bibliophiles. Ils savent quels prix atteignent dans les ventes les éditions du XVI° siècle, et nous pensons qu'il leur sera agréable de se procurer facilement une réimpression à la fois correcte, complète et élégante de ce charmant Tahureau, l'un des plus agréables et des plus gracieux poëtes que nous ait légués la Renaissance.

P. B.

ODES, SONNETS

ET

AUTRES POÉSIES GENTILES

ET FACÉTIEUSES

De Jaques TAHUREAU

Dédiées a Monseigneur le reverendissime
Cardinal de GUISE

---

avec Privilége du roy

A POITIERS

Par les de Marnefs et Bouchetz frères

—

1554

Par privilege du Roy donné à Jean et Enguilbert de Marnef, il est permis d'imprimer et vendre ce present livre, intitulé : LES PREMIERES POÉSIES DE JAQUES TAHUREAU, et defences à tous autres de non en vendre ne imprimer autres que ceux imprimez par lesdits de Marnefs, jusques au temps de cinq ans, à compter du temps qu'ils seront parachevez d'imprimer, soubs les peines contenues par les lettres sur ce faictes et données à Escouan le vij de Mars M. D. XLVII. Par le Roy, maistre François de Connan, maistre des Requestes de l'hostel present, signées Coëffier, et scellées du grand scel sur simple queue.

A MONSEIGNEUR

LE REVERENDISSIME CARDINAL

DE GUYSE

Je ne sçay, Monseigneur, si c'est un desastre
malheureux ou plustost une calumnieuse envie
de tout temps contraire aux bonnes lettres et
vertueuses entreprises, qui veut encore du
jourd'huy rabaisser l'honneur et perfection de
nostre langue, de sorte qu'à peine avons-nous
le commencement de quelque chose de bon en
icelle, que l'on voit desjà une infinité d'ignorans cuyder renverser ce tant honnorable
passetemps ; les uns pour estre mal curieux de
toutes choses gentilles et œuvres memorables,
les autres pour vouloir trancher le chemin à
tous les bons esprits de travailler en nostre
poësie Françoise, et principalement en l'ode,
l'une de ses plus industrieuses parties, alleguans
cela avoir desjà esté assez traicté par d'autres ;
comme s'ils nous vouloient faire trop vulgaire
et commun ce qui ne fait encores que com-

1*

mencer à naistre en nostre France, et en quoy
je me suis bien voulu le plus accommoder,
pour ce peu d'essay que j'ay faict icy de mes
jeunes labeurs. Toutesfoys, Monseigneur, ou
soit l'infortuné malheur ou l'envieuse ignorance, qui vueille ainsi fouler l'honneur des
choses honnestes, cela ne m'importera que
bien peu, s'il plaist à vostre Grandeur de
recevoir, avecques un aussi doux et amiable
recueil, ces premieres preuves de mon estude,
comme, de vostre grace, il vous pleut derniere-
ment voir à Paris de ma part une Ode, que
j'ay bien osé mettre en ce, non mien, mais
vostre livre, pour l'honneur davantage de
vostre nom, et par ce moyen fermer la bouche
à tous ceux qui voudroient miserablement
envier mes ecris.

Non que je sois, Monseigneur, si présump-
tueux outrecuidé d'estimer par iceux plaire
à tout le monde, voyant la diversité des opinions et fantasies aujourd'hui tant incertaines
entre les hommes, et mesmement entre ceux
qui font profession d'une mesme science.

Toutesfoys, je voudroy bien prier ceux qui
n'approuveront pas mon style de s'asseurer
aussi que je n'ay ecrit pour eux. Il me suffit,
Monseigneur, de vous plaire et à ceux auxquels
je me suis voué et qui desjà ont tant favorisé
mes premiers ouvrages que, quand je n'en
recepvrois de ma vie autre recompense, si me
sentiroy-je trop plus que satisfait du doux
travail que j'ay, toute ma jeunesse, employé

pour nostre langue ; principalement ayant
desjà tant reçeu d'heur et d'honneur en la
Court de nostre Roy que d'y avoir, d'entre les
meilleurs et plus doctes jugemens, peu contenter celuy de la plus sçavante et admirable
de toutes les Princesses, sœur du premier de
tous les Roys, la premiere Marguerite, laquelle
m'ha donné tant de courage et d'espoir (bien
que ma petitesse ne meritast tant de faveurs
de sa grandeur) qu'il me semble ne pouvoir
presque faillir à faire quelque chose de bon,
estant advoué d'une si parfaicte et si divinement rare excellence, et de vous, Monseigneur,
auquel je donne ce plus cher de mes plus
grands tresors, d'aussi bon cueur que je desire
toute ma vie m'employer en plus grandes
choses et en meilleur endroit, pour vous faire
tres humble et plus agreable service.

De Poictou, ce premier jour de May,
M. D. LIIII.

Vostre tres humble et tres obeissant
serviteur,

Jaques TAHUREAU.

ADVERTISSEMENT AUX LECTEURS

J'ay bien voulu advertir ceux qui passeroient
le tems à lire mes œuvres, de ne trouver estrange si quelquefois, à l'imitation des anciens
poëtes, je donne le titre de dieu et de divin
aux personnes excellentes, ce qui est fort commun en la poësie, aussi que les choses grandes
et belles semblent avoir je ne sçay quoy de la
divinité.

Autant je les en prieray de faire ès autres
manieres de parler poëtiques, qui sembleroient
autrement trop libres pour un chrestien, si on
ne les prenoit selon l'antique façon et usage
des poëtes. Davantage, s'ils rencontroient
quelques mots nouveaux, de croyre que je n'en
ay usé que pour la necessité ou douceur de la
langue ; neantmoins peu souvent, ne m'y voulant point monstrer affecté, comme plusieurs
du jourd'huy, qui ne penseroient pas avoir rien
faict de bon, si à tous propoz ils ne farcissoient
leurs livres d'une infinité de termes nouveaux,
rudes et du tout eslongnés du vulgaire ; se
faisants, par ce moyen et par telles autres
quintessences, estimer grands seulement de
ceux qui n'admirent rien plus que ce qu'ilz
entendent le moins.

JAN ANTOINE DE BAÏF

SUS LES POÉSIES DE JAQUES TAHUREAU

Le poete est miserable et digne de pitié,
Le poete est bien chetif, qui n'ha gloire plus grande
Que celle qu'importun mandieur il demande,
Ayant le seul honneur contre droit mandié.

Mais si diray-je, Amy, sans en estre prié,
De toy ce mot non feint, que tout Parnasse entende,
Ce mot, mon Tahureau, que crier me commande
La nette verité, jointe à nostre amitié :

Tu dedaignes l'honneur que l'excellent poëte
(Toy mesmes excellent) au poëtastre prète,
Qui fonde son honneur sur l'etranger appuy ;

Car tu veux recevoir l'honneur que tu merites,
Des juges qui liront tes chansons bien ecrites,
Sans aller mandiant les louanges d'autruy.

AD POETAM ET EJUS AMICAM

EX GRÆCO I. A. BAIFII

Optimi pueri puella pulchra,
Et pulcher puer optimæ puellæ,
Fœlix sorte tua puella pulchra,
Fœlix sorte tua puelle pulcher;
Musarum Venerisque chari ocelli,
Ambo delicium novem sororum,
Ambo delicium aureæ Cytheres,
Ambo delicium tui suique,
Ambo candiduli, tenelli utrique,
Dulci vivite copula revincti.
O fœlix puer, ô puella fœlix,
Musarum Venerisque chari ocelli,
Musarum Venerisque in omne tempus
Unà carpite flosculos virentes.

Iani TABONIS.

LES POÉSIES

DE

JACQUES TAHUREAU

DU MANS

AU ROY

Le nocher prevoyant l'orage
Des vents par l'air tempestueux,
Et la trop effroyable rage
Des flots marins impetueux,
Transi, palle, et tremblant de crainte,
Deçà, delà, tout fremissant,
D'une soupirante complainte
En sanglots il va gemissant;
Et lors promettant mainte offrande,
Dressant en l'air ses moites yeux,
Il invoque, importun, les Dieux,
Et sauvegarde il leur demande.

Ores le mas se rompt et brise
D'un éclat sifflant violent,
Or' un foudre sur luy s'aguise
D'un feu tortu par l'air volant ;
Tantost la tempeste enragée
D'escume lui couvre le chef,
Et noirement encouragée
Tourmente sa flottante nef ;
Puis ce naufrage impitoyable
Le va jusqu'au fond ravissant
Et tous ses biens engloutissant
Dedans sa gorge insatiable.

Le chetif n'ha lors recours
Qu'aux pleurs, qu'aux cris, qu'aux prieres,
Les favorables lumieres
Appelant à son secours.
Eufin un bel astre luit
Qui plus heureux le conduit,
Et demy-mort se retire
A quelque port estranger,
Où l'effroy de son danger
Luy fait ancrer son navire.

Et moy qui veux, ô grand Monarque,
Parmi la mer de ta grandeur
Avancer ma petite barque,
Ne doy-je point trembler de peur ?
Qui veux dès ma plus tendre enfance,
Presque sans forces et sans art,
Et mal pourveu d'experience,
M'abandonner à tel hazart,
Qui veux, de ma rime trop basse
Toucher les louanges d'un Roy,
Qui, dans toute l'humaine race,
Ne trouve de pareil à soy ?

Les Dieux ne font moins leur orage
Verser sur les audacieux,
Qu'ils font dans l'obstiné courage
Des humains les plus vicieux.
Un Promethée, un fol Icaire
Me monstrent assez comme il faut
Plus sagement mes pas distraire,
Qu'ils n'ont fait, d'un sentier trop haut ;
Mais un grand desir qui me presse
De chanter ta haute bonté
Fait ainsi ma foible jeunesse
Abuser de ta majesté.

   M'asseurant que le bateau,
   Que par ta grand'mer je guide,
   Conduit de ton sainct flambeau,
   Marchera de crainte vuide ;
   Et bien que ta race ès cieux
   S'arrange au nombre des Dieux,
   Toutesfois ta main benine
   Ne monstre pas sa fureur
   A ceux qui d'un noble cueur
   Chantent ta grandeur divine.

Jadis mainte langue traîtresse
Fardoit des grands Princes l'honneur,
Mais ores ta brave noblesse
Noblement chante ta valeur,
Non éprise d'un vil salaire,
Mais pour contenter ta vertu,
Et voir ce monstre mercenaire
Tout enflé d'erreurs abattu ;
Et rien que cela sus ma lire
Ne m'ha fait ces vers entonner,
Et tes rares vertus sonner
Vertus où la France se mire.

Mais que n'ay-je la docte veine
De ce Grec Homere tonnant,
Pour aller la grandeur hautaine
Du plus grand des Roys entonnant ?
Lors asseuré de ma victoire,
Bruyant d'un haut ton non pareil,
J'envoyroy ta clere memoire
Flamber par dessus le Soleil ;
Et ouvrant le beau de tes gestes
J'y planteroy maint docte vers,
Qui s'enfleroit par l'univers
Portant tes gloires manifestes.

Point, ou peu je decriroy
Des Géans la folle race,
Ou le montueux desroy
Qui accabla leur audace ;
Je laisseroy les Romains,
Et les vieux braves Thebains ;
Je ne bruiroy de Carthage,
Ni des Gregeoys citoyens,
Qui encontre les Troyens
Bruloyent de flambante rage.

Tu serois ma cure totale,
De toy mon escrit parleroit,
Où ta grandeur, aux Dieux egale,
Jusques aux Dieux retentiroit ;
Je dirois en ta race antique
Mille et mille Roys tes ayeux,
Changeant mon bas fredon lirique
En un ton plus industrieux ;
Je te prouveroy dès l'enfance
Avoir esté préordonné
D'un cueur de loix environné,
Pour aimer la plume, et la lance.

Je diroy que soubs toy fleurissent
Les Heliconiennes seurs,
Dont jamais, jamais ne tarissent
Les eternizantes liqueurs ;
Je chanteroy qu'onques la France
N'eut des guerrier mieux bataillans,
Que tu en as en l'excellance
De tes Gentils-hommes vaillans ;
Et comme ta grand main ouverte
Sçait bien les doctes guerdonner,
Et aux braves hommes donner
A leurs faits pareille desserte.

   Mais comment ! pourroy-je bien
   Mettre en oubly ton merite,
   Qui du tige Herculien
   Les illustres fruits imite ?
   Et qui sus tout autre luit,
   Comme un flambeau dans la nuit ?
   Laisseroy-je tes polices,
   Ton bras sainctement puissant,
   Dont justement punissant,
   Tu vas les injustes vices ?

Nenny non ; et si de ta guerre,
Je diroy les justes efforts,
Quand tout autour de toy la terre
Bouillonne au rouge sang des morts !
Je diroy comme ta fortune,
Qui va croissant heureusement,
Jusqu'au grand palais de Neptune
Estend son renom bravement ;
Je diroy qu'il n'y ha puissance
Guidant plus sainctement les siens
En temps de paix, que sont les tiens
Regis soubs ton obéissance.

Je diroy l'Allemaigne heureuse
D'avoir l'appuy de ton conseil,
Qui la rendra victorieuse,
L'armant de ton bras nompareil ;
Je diroy que ta forte lance
Fait au plus vaillant des Cesars
Sentir sa plus haute vaillance
Le subjuguant de toutes pars ;
Et que ta grandeur redoutable
Bien tost sus tous tes ennemis,
Humbles à tes deux pieds soubsmis,
Aura la victoire honorable.

Ton Ronsard te chantera
Tonnant en sa Franciade,
Dont France triumphera
De la superbe Iliade.
Taisez-vous donc, mes ecris ;
Vos chants ne seroyent que cris
Gazouillans dedans cet hynne,
Au regard du Vandomoys,
Dont la bien disante voix
Surpasse celle du Cygne !

A MADAME MARGUERITE

Les doctes sonantes Sœurs,
Les filles de la Memoyre,
Dont les mielleuses douceurs
Oindront à jamais ta gloire,
Estoyent toutes en un rond
Qui estinceloit tout blond,
Tant leur blanc-poli visage
Reluisoit en cet ombrage.

Auprès d'elles doux-bouilloit
La source d'une fontaine,
Qui sautelant trepilloit,
Entortillonnant la plaine
De ses cristalins ruisseaux ;
Là, maints secrets arbrisseaux
Ombrageoyent soubs leur fueillée
Cette divine assemblée.

Là, bayoit sauvagement
Mainte caverne moussue,
Où la fraicheur lentement
Au plus chaut de l'esté sue ;
Un vent Zephirin mollet
Flottoit sur leur teint douillet,
Qui feroit honte à l'Aurore,
A la rose, aux lis encore.

Là, se decouvroit aux yeux
Une fort haute montagne,
Dont la grandeur, des haux cieux
Se faisoit presque compagne ;

Là, cent mille belles fleurs
Emailloyent de leurs couleurs
La terre en son gay couverte,
Passaut l'émeraude verte..

Là, ces mignardes estoyent
Aux Pegaziennes rives,
Et sur leurs lires mettoyent
Maintes loüanges naïfves ;
Thalie d'un doigt coulant
Chatouilloit le luc parlant ;
Clion de sa main d'ivoire,
Sonnoit un hymne de gloire.

Puis la gaillarde Eraton,
En sa flamme doucereuse
Bruyoit d'un follatre ton
Mainte chanson amoureuse ;
Euterpe qui la touchoit
Sa douce flute embouchoit ;
Jusques aux cieux Uranie
Envoyoit son harmonie.

Polymnie aux doux accords
De sa lire nompareille,
Charmoit doucement alors
Ceste troupe par l'oreille ;
Quand Melpomene enchantoit
Un chascun qui l'escoutoit
Mesurer à l'espinette
Sa tremblante chansonnette.

Terpsichore fredonnoit
Sus sa hautaine guiterre,

Dont mesmes elle estonnoit
Le ciel, les eaux, et la terre;
Mais tant son cœur s'en ravit
Que sus pieds elle se mit
Devant toute l'assistance
Carolant à la cadance.

La maistresse du sainct chœur,
La sçavante Calliope,
Dont la voix hausse le cueur
De ceste gentille trope,
Ravissoit des plus grands Dieux
Les oreilles et les yeux,
Tant sa voix et son visage
Leur desroboyent le courage.

Quand neuf sœurs prises d'orgueil
(Sottise Aganipienne)
Troublant le chant nompareil
De la bande Aönienne,
Leur vindrent d'un lourd debat
Livrer l'importun combat,
Taschant d'une emprise estrange
Abastardir leur louange.

De ces neuf sottes alors
La plus sotte outrecuidée
Esclatant sa voix dehors,
D'une chanson mal guidée,
Narroit les Dieux pourchassez
Des fiers geans, et chassez
Par le foudroyant Typhée,
Qui s'en dressoit un Trophée.

El' faisoit les Dieux courir
Çà et là, tremblans de crainte,
Couvrans de peur de mourir
Leur forme d'une autre feinte.
Jupiter en pastoureau
Gardoit craintif son troupeau ;
Apollon soubs noir plumage
Estoit un corbeau sauvage ;

Bacchus pour n'estre congnu,
Voylé d'autre couverture,
Avoit d'un grand bouc cornu
(Ce disoit) pris la figure ;
Deçà, delà tournoyant,
En forme d'un char roüant
La sœur de Phœbus se cache,
Et Junon en blanche vache ;

Venus de peur tressaillant,
Et peu vaillante guerriere,
Alloit son cops escaillant
Comme un poisson de riviere ;
Alors le Cyllenien
D'un prompt voller Ibien
Fuyoit, ramant ses esselles
Au singler de ses deux aisles.

Bref, son rude, lourd discours
Sans sel, sans poix, sans mesure,
Alloit tousjours au rebours
D'une voix fadement dure,
Et plus elle se loüoit,
Plus son parler s'enroüoit,
S'esgarant la pauvre folle,
Et de seus et de parolle.

Lors les filles du grand Dieu,
Voyant l'effrontée audace
Qui avoit ja tant de lieu
Dedans ceste folle race,
Presque tenoyent à desdain
Son caquet froidement vain,
Et l'entreprise bavarde
De sa langue babillarde.

Mais pour monstrer le deffaut
A ces nices glorieuses,
De vouloir monter si haut
D'aisles trop presumptueuses,
Calliope, de sa voix
Qui ravist et monts et bois,
Commença de donce sorte
Sa chanson doucement forte,

Et mariant les doux tons
De sa voix melodieuse,
Avec les nerveux fredons
De la lire armonieuse,
El' souspira des accents,
Qui ravirent tous les sens
Non d'un esprit Satirique,
Mais de la bande Olimpique.

Lors le venin s'eslançoit
Au Piérien courage,
Qui sanglotant bondissoit
D'une fort pressante rage,
Et se voyant surmonté,
Encores tout eshonté
D'une furieuse gorge,
A mesdire il se desgorge.

Plus ces criardes voyoyent
Les Muses victorieuses,
Et tant plus ell' aboyoyent
D'injures audacieuses ;
Mais ell' sentirent soudain
Comme la divine main
Punit leur folle querelle
D'une vengeance immortelle ;

Car comme ell' vouloyent souiller
Les Muses de mainte injure,
Ell' se voyoyent despouiller
De leur premiere figure ;
Ceste-cy se sent voller
Comme un oyseau parmy l'air,
L'une après l'autre s'espie,
Chascune en forme de pie.

Et tousjours depuis ce jour,
Par mainte forest sauvage,
Ell' caquettent sans sejour,
D'un injurieux ramage,
Et vont encore agaçant
De despit chacun passant,
Trop plus promptes à mesdire
Que n'est le Cygne à bien dire.

Telles seront à jamais
(O la fleur de nos Princesses)
Les folles, qui desormais,
Par leurs langues chanteresses,
S'efforceront d'esgaller
Le Nectar de ton parler,
Ou l'immortel de ta lire,
Que mesmes Parnasse admire.

Où es-tu, grave sonneur,
La haute gloire Thebaine ?
Où est maintenant l'honneur
De la gran' harpe Romaine ?
Brave Alcée, où estes-vous ?
Où est vostre chant si doux ?
Où dormez-vous tous deux ore,
Callimaque et Stesichore ?

Où es-tu, grand Tracien ?
Où es-tu l'heur de Mantoüe ?
Et l'aveugle, que pour sien
Maint doubteux canton avoüe ?
Où sont tes vers moëlleux,
O Anacréon mielleux ?
Où es-tu, mignard Catule,
Properce, Ovide, Tibulle ?

Si vostre trop dur sommeil
Pouvoit dessiller sa nue,
Et voir le suyvant Soleil
Qui adjourne nostre venë,
Vostre chant se dediroit,
Et autrement parleroit
Du nombre de vos mignonnes,
Dont vous cerchiez les couronnes.

Que veux-tu dire, Ronsard,
Qui le premier de ton pouce
Nous as tous instruicts en l'art
D'animer la harpe douce ?
Où sont vos divins esprits,
O François tant bien appris ?
Où est la lire immortelle
Qui par vous se renouvelle ?

Certes maintenant il faut
Qu'ensemble je vous accuse,
Vous enseignant le deffaut
Où vostre langue s'abuse,
Vous ne faictes que neuf sœurs
Princesses de vos douceurs,
Les nommant vos neuf pucelles,
Vos déesses immortelles.

Regardez bien la vertu
Dont l'esprit de Marguerite
Est doctement revestu,
Vous direz qu'elle merite,
Pour la grandeur de son sang,
Estre au plus haut de leur rang,
La disant de vostre trope
La dixiesme Calliope.

Sa race est des plus grands Dieux,
Sa chasteté est tant belle,
Que jà se prepare aux cieux
Un astre esclairant pour elle ;
El' anime bien souvent
Le papier d'un doigt sçavant ;
De sa lire les louanges
Vollent aux terres estranges.

Bref vos neuf filles n'ont rien
En leur vertueux partage,
Qu'el' n'en ayt autant au sien,
Voyre encores davantage.
El' favorise vos chants
Contre ignares et meschants,
Qui veullent par leur cautelle
Demollir vostre chapelle.

Mais si vostre sainct troupeau
Ne se trouvoit enfin digne
De ce trop plus saint flambeau,
Qui éclere dans mon hymne ;
Si Marguerite ha tel heur
Qu'on luy doibve plus d'honneur,
Chantez là doncques sans cesse
De vos neuf Sœurs la Princesse.

A MESSIEURS LES ENFANS

Puis que d'entre tous les François,
Vostre pere ha pris pour sa gloire
La main du docte Vandomois,
Le premier peintre de memoire ;
Ne vueillez, heureuse jeunesse,
Refuser le jeune labeur,
Le jeune labeur que j'adresse
Devers vostre jeune grandeur.

N'aguere en un sommeil plongé,
Ce me sembloit, sus la poitrine
De Calliope, j'ay songé
Voir une grand' troupe divine,
Dont chacun tenant la couronne
Du vert laurier victorieux,
A l'envi vous en environne
Jà desjà le chef glorieux.

Je voioy là, pour leur guerdon,
A l'écart d'un fort grand espace,
L'excellence d'un riche don,
Que tenoit une belle Grace,

Et tous d'une course subite
Tiroient au precieux joyau,
Qui estoit promis au plus viste
De ce divin sacré troupeau.

Mais un de tous ces bons espris,
Le mieux courant par la carriere
Des Muses, ha gaigné le pris,
Laissant tous les autres derriere ;
Et depuis au peuple admirable,
Mesmes aux Princes et aux Roys,
Il ha vostre nom honorable
Par tout espandu de sa voix.

O trois et quatre fois heureux
Le cher nourrisson de Parnasse,
Qui gouste le fruit savoureux
Croissant en la Royale race,
Et qui bien loing de tout desastre,
Loing de l'envie et du malheur,
A sa naissance, d'un bon astre
Reçoit la benine faveur!

Je ne veux pas desesperer
Que d'une main trop plus sçavante
Je ne puisse faire admirer
Vostre gloire à jamais vivante ;
M'asseurant, s'il vous plaist m'eslire
Pour le chantre de vos honneurs,
Ne me faire estimer le pire,
Ni des moindres, de vos sonneurs.

Mais s'il plaist à la Majesté
De nostre Prince vostre pere,
Ou à la douce humanité
Qui rit dans vostre chaste mere,

Ou bien à vostre sage enfance,
Me commander quelque œuvre beau,
Qui publira dans vostre France
L'honneur de vostre front nouveau;

Je ne seray du rang de ceux
Qui d'une nonchalance vaine
Atteins, languissent paresseux
A quelque entreprise hautaine,
Ou qui d'une aisle mal apprise
Retentent un chemin si haut,
Que devant leur fole entreprise
Ils monstrent desjà leur deffaut.

Mais mesurant également
La grandeur de vostre merite
Avec le bas enfantement
De ma Muse encores petite,
Selon les forces de mon pouce
Je feray voir une chanson,
Qui sus vostre louange douce
Prendra sa divine façon.

Et peut-estre, Enfans, qu'en la fleur
Du plus verd printemps de mon aage,
Je diroy si bien la valeur
De vostre tant brave courage,
Que vostre grandeur liberale
Voudroit bien mes vers guerdonner,
Et de vostre race Royale
Le poete sacré m'ordonner.

Peut-estre aussi que tous les Dieux,
Voyant mon humble hardiesse
Ne s'endormir point aux bas liéux,
Riroyent tant à ma petitesse,

2

Et m'armeroyent de telle audace
Que je pourroy gaigner le pris,
Que cette tant divine Grace
Promettoit avecque un soubsris

A cettuy là, qui le premier,
Laissant les autres par la voye,
Accouroit à elle tout fier,
L'accueillant d'une extresme joye.
Ainsi vostre race bien née
Aille de plus en plus croissant,
Et toute la terre bornée
De son rond parfait remplissant.

Croissez donq, bien heureux Enfans,
En aage, honneur, et en louanges,
Et portez vos noms triumphans
Au plus loing des terres estranges !
Ce pendant ma foible jeunesse,
Qui chante encores foiblement,
Pour orner mieux vostre hautesse
Croistra d'un docte jugement.

SONNET A EUX-MESMES

Heureuse, Enfans, j'estime vostre enfance,
D'estre en un siecle où tant de bons esprits
Par leurs plus beaux et plus divins escris
Tous à l'envy diront vostre excellance ;

Diront aussi vostre jeune vaillance,
Qui jà d'un bras aux armes bien appris,
Brave, s'appreste à conquester le pris
Sur l'ennemy, qui fuyra vostre lance.

Heureux, vrayement, de voir cet aage d'or
Je vous estime, et tres heureux encor
Ceux qui pourront louer vostre hautesse ;

Mais qui sera-ce, en vostre aage plus meur,
Qui dignement chantera vostre honneur,
Quand jà si grands vous estes de jeunesse ?

AVANT-MARIAGE

DE MADAME MARIE, ROYNE D'ESCOSSE

SONNET

Heureux le Roy qui de telle beauté
Pourra gaigner le celeste courage,
Qui par l'accord d'un chaste mariage
S'accouplera de telle deité !

De luy le nom soit à jamais vanté,
Le nom en soit immortel en tout aage,
Quand le divin d'un si heureux partage
Pour sa grandeur luy sera presenté :

Ainsi le beau-fleurissant Hymenée
Pour honorer cette brave journée
A ce vœu saiuct appelle tous les Dieux ;

Ainsi le chœur des filles de Memoire,
Qu'elle cherist d'une si douce gloire,
Y dresse un chant d'un ton melodieux.

2*

A MONSEIGNEUR LE REVERENDISS.

CARDINAL DE GUYSE, LOYS DE LORRAINE

Les destins tournoyans d'une inconstante face
Sont tousjours coustumiers en nostre humaine race,
De monstrer d'heure en heure, et presque en un moment,
Des esprits et d'un siecle un divers changement.
Du temps que florissoit en Grece la faconde,
Du temps que Rome avoit tout l'empire du monde,
Et qu'un chacun goutoit les sçavantes douceurs,
Qu'à leurs chers nourrissons répandent les neuf Sœurs,
On voyoit l'immortel de la belle doctrine
Voler jusques aux cieux, d'une plume divine ;
Chacun embrassoit lors des Muses le bon heur,
Chacun aux fronts sçavans prodiguoyt de l'honneur.
C'estoit, c'estoit alors que d'une brave gloire
L'on se faisoit vainqueur dessus la Parque noire ;
Alors les bons esprits les plus aymez des Dieux,
N'estoyent point attaquez de broquards odieux ;
Ains, admirez de tous, mesmes des plus grands Princes,
Ils marchoyent les premiers par toutes leurs provinces ;
Aussi tout prosperoit, ou bien fust que les Roys
Gouvernassent en paix le peuple de leurs loix,
Ou fust que foudroyans au plus fort des alarmes
Ils enflassent le cueur des furieux gensdarmes.
Mais las, helas ! depuis que ne sçay quels tyrans,
Dans Rome et dans la Grece, obstinez ignorans,
Des enfans d'Apollon ont fait une risée ;
Depuis que la science ha esté méprisée,
Et qu'on ha veu donner par ces esprits brutaux,
Pesle mesle la place à un gouffre de maux ;

Tout sans ordre confus tombant en decadence
Ha perdu tout à coup sa premiere excellence ;
Si qu'on en ha peu voyr, par cent mille dangers,
Les regnes divisez entre les étrangers,
La langue corrumpue et la Muse foulée,
L'equité par le faux durement violée,
Et les cueurs plus enclins aux naïfves bontez
Grossir barbarement de mille cruautez.
Mais depuis qu'on ha veu, mesmement en la France,
Le sçavoir triumpher par dessus l'ignorance,
Et que le Roy François, le Roy des bons espris,
Ha remis en faveur les doctes mieux appris,
Trop mieux qu'auparavant jusque aux terres estranges
Les François ont poussé l'honneur de leurs louanges ;
Et si feront encor, soubs le gouvernement
De nostre grand Henry, trop plus heureusement
Estendre leur puissance, et le feront de sorte,
Que toute nation ployra soubs leur main forte ;
Aussi nostre grand Roy ne veut favoriser
Que les hommes parfaits et ne laisse abuser
Son esprit par ceux là qui de fausses merveilles
Deguisans leur mensonge, enchantent les oreilles.
Onques il ne presta sa Royale faveur
Sinon aux gens de bien, qui de leur noble cueur
Par actes vertueux portent le tesmoignage,
Honorans, comme toy, leur honoré lignage ;
Comme toy qui n'as rien au devant des yeux peint
Fors ce haut point d'honneur, auquel tu as atteint
Dès ta premiere enfance, et qui vrayment surpasses
De tous ceux de ton temps les plus divines graces ;
Comme toy, qui n'es point pour toy né seulement,
Toy qui ne pallis point pour l'or avarement,
Et qui ne tâches point des richesses acquerre
Pour miserablement les cacher soubs la terre ;
Mais qui royalement d'un effect liberal

Recompenses des tiens le service loyal;
Et qui de loing fuyant les approches du vice
N'employes ton loisir qu'à tout noble exercice;
Mais qui mourrois plustost que souffrir devant toy
Un acte qui ne fust d'accord à nostre Foy.
Et certes, ta grandeur et ce cœur magnanime
Meritent bien assez que nostre Roy t'estime,
Et meritent bien plus que ceste dignité
Qui decore ton chef de sa divinité.
O que cent fois heureux j'estimerois l'ouvrage
Du labeur que j'ay pris à la fleur de mon aage,
S'il recevoit un coup si heureuse faveur
Qu'il peust estre avoüé de ta haute grandeur,
Et si, pour le guerdon de ma tant douce peine,
Ta hautesse vouloit me servir de Mecene.
Alors sans craindre rien, contre tous envieux
Je hausseroy la teste, et au plus haut des Cieux
Eslevant ton renom, j'irois prendre ma place
Au plus hantain sommet de nostre sainct Parnasse.
Vueilles donc œillader d'un bon œil mes escrits;
Vueilles, sage Prelat, l'appuy des bons esprits,
Me tenir la main forte, et voy de ma jeunesse
Ces très-humbles presens, qu'humble vers toy j'addresse;
Et lors tu congnoistras combien par ton support
Je prendray de courage, et combattant la mort,
Comment j'animeray d'une plus vifve gloire,
De mon Roy et de toy la celebre memoire;
Et mieux que je n'ay faict encores par ces vers,
Comment je chanteray la France en l'univers,
L'univers qu'on verra flechir soubs nostre Prince,
Comme faict maintenant sa plus humble province.

A MONSEIGNEUR

DE LA ROCHE DU MAINE TIERCELIN, CHARLES
TIERCELIN, CAPITAINE DE 50 HOMMES
D'ARMES, GOUVERNEUR ET LIEUTENANT
GENERAL POUR LE ROY A MOUSON.

Maints ont passé legerement
En leurs Croniques, la memoire
De ceux là qui plus vaillamment
Ont combattu pour la victoire,
Et qui, taincts de poudre et de sang,
Ont tousjours en le premier rang;

Et souvent ont donné le loz,
Avecques leur plume bavarde,
A ceux qui ont tourné le doz
Les premiers en fuite couharde,
Ignorans les faicts valeureux
Des hommes plus chevaleureux;

Ou bien ont faict le plus d'honneur
A ceux qui avoyent la puissance
D'acheter par dons la faveur
De leur mercenaire ignorance,
Masquans soubs leurs escrits flatteurs
Mille et mille propos menteurs.

Mais ce n'est pas moy qu'on verra
Desguiser de telles mensonges,
Ne qui vilement remplira
Mes libres escrits de tels songes,
N'ayant encores point appris
De me marchander pour un pris.

Noblement noble je diray
D'une louange veritable,
La vertu que je chanteray
Et l'excellence venerable
De ceux qui par nobles labeurs
Gaignent eux-mesmes leurs honneurs,

Comme toy, qui as prins en main
La masse, l'espée et la lance,
Et suivy les armes, soudain
Que ta jeunesse eut la puissance
De porter le faix du harnoys,
Pour faire service à noz Roys.

Et qui d'un bras bien bataillant,
Dès le printemps de ta jeunesse,
As employé ton bras vaillant
Jusques à ta blanche vieillesse,
Qui monstre encores la fureur
En toy d'un brave belliqueur ;

Qui sans reproche d'avoir faict
Jamais une faute à ton Prince,
As d'un conseil meur et parfaict
Gardé mainte grande province,
Par toy sauvée du danger
Souvent du soldat estranger.

Qui cent et cent fois as soubsmis,
Par l'effort de ta roide lance,
A ta mercy les ennemys
Qui vouloyent en vain de la France
Esprouver le bras, mais trop fort,
Pour repousser leur foible effort.

N'as-tu pas contre l'Empereur
Faict teste à toute sa puissance,
Quand par detestable fureur
Et par horrible outrecuydance,
Il se deliberoit, sans toy,
Prendre les terres de ton Roy ?

Quand à grand peine un contre cent,
Pour tenir fort à son audace,
Tu resistas dedans Fossant
Un fort long temps à sa menace,
Craignant lors bien peu de mourir,
Pour ton bon prince secourir ?

Alors l'ennemy n'esperoit
Qu'un seul jour resister tu peusses,
Tant au tour lasche il s'asseuroit
Du traistre Marquis de Saluces,
Qui lors trop infidellement
Faussa son parjure serment ;

Quand oubliant le traitement
Qu'il avoit eu dès sa jeunesse,
Estant nourry si cherement
Avec la Françoise noblesse,
Dèslors le meschant en son cœur
Luy brassant ce nouveau malheur ;

Quand oubliant tous les honneurs
Qu'il avoit receus de la France,
Jusques à gaigner les faveurs
En Piedmont de la Lieutenance,
Et d'abuser, le malheureux,
De l'ordre des chevalereux.

Quand oubliant aussi le nom
De Françoys, qu'il portoit semblable
A ce grand Roy, dont le renom
Vit par tout d'un loz honnorable,
Et qui l'avoit tant bien reçeu
Chez luy, pour en estre deçeu,

Il voulut bien, le desloyal,
Par la conspirée entreprise,
Contre le noble sang Royal
User d'une telle surprise,
Fardant soubs couleur de bienfaict
Le plus meschant de son forfaict.

Pensant bien mettre tout à sac,
Par ses laschetez trop villaines,
Sans toy, Villebon, Montpesac,
Tous trois fort sages capitaines,
Qui par vostre grande vertu
Vistes son dessein abattu.

France a loué beaucoup de faicts
Memorables de sa noblesse,
Toutesfois el' n'en vit jamais
Un de plus vaillante proësse,
Ne qui d'un escrit renommé
Meritast plus estre estimé.

Non de ce seul acte vaillant
Tu t'es faict obliger la France,
Soit que du soldat assaillant
Tu repoussasses l'arrogance,
Ou que toy-mesme en un assaut
Fisses preuve de ton cœur haut.

Tousjours tu as eu ce bonheur
Que de laisser un tesmoignage
De ta merveilleuse grandeur
Aux guerres, et vaillant et sage,
Et à resoudre un bon conseil
Ne trouver gueres ton pareil.

D'un Roy la grandeur seulement
Ne gist aux richesses pompeuses,
Ny à s'accoustrer richement
D'or, ny de pierres precieuses,
Ny dans un grand Palais doré
Se voir d'un chacun honnoré ;

Mais bien à cherement traicter,
Par recompenses liberales,
Et à sagement contenter,
Par ses douces faveurs Royales,
Ceux là qu'il congnoist comme toy
Inviolables en leur foy,

Aussi la sage majesté
De nostre Prince redoutable
Sçait bien de liberalité
Recompenser, inestimable,
Ceux qui par leur noble valeur
Ont merité telle faveur.

Ainsi par ses faicts triumphans
Il rende l'Espagnole audace
Subjecte à luy et aux enfans
Bienheureux de sa noble race,
Et soit aux combats martiaux
Heureux en serviteurs loyaux !

AUX TROIS FILS DE MONSIEUR

DE LA ROCHE DU MAINE TIERCELIN

I

A MONSIEUR L'ABBÉ

DES CHASTELIERS, BAPTISTE TIERCELIN

Heureuse cent fois la science,
Si pour en faire experience
Tant de douleurs, tant de travaux
N'accompagnoyent l'humain courage,
Et si el'n'attrainoit la rage
D'un abysme infiny de maux.

Celuy qui, avec le sçavoir
Peut l'esprit innocent avoir,
Et net d'entreprise meschante,
Tel est digne par dessus tous
Qu'un vers eternellement doux
D'un Poëte sçavant le chante.

O Prelat, des Prelats l'exemple,
Certes tu as les deux ensemble,
La doctrine et l'esprit entier.
Ton ame doctement divine
Jamais, jamais ne s'achemine
Que par un vertueux sentier.

Les amorces des biens hautains
N'ont point tant d'appast en leurs hains,
Qu'elles deçoivent ta sagesse,
Et que ton cœur en plus seur lien,
Recerchant la loy du grand Dieu,
Plus haut humblement ne se dresse.

Rien, rien des hommes ne t'arreste,
Qu'un plaisir chastement honneste :
Tu aymes la civilité,
Tu approuves la docte lire,
Et la plume qui sçait eslire
Les chants de pure verité.

J'espere bien que quelquefois
Je dresseray l'air de ma voix
Par la trace spirituelle,
Et qu'en mots plus graves appris
J'effaceray de mes espris
Toute cette tache charnelle.

Si est-ce dès or' que j'estime
N'offencer aucun par ma rime,
Tant ayt-il l'esprit chatouilleux :
Si l'amour ma jeunesse enflame,
Qui m'en voudra donner le blame,
D'un front rudement sourcilleux ?

Celuy seroit bien aveuglé,
Qui d'un jugement dereglé,
Blâmeroit la docte entreprise
De l'écrivain Aönien,
Qui dans ses vers n'approuve rien
Qu'une ame de vertus éprise.

Nos nepveux qui verront la gloire
Dont je fay voler ta memoire
Jusqu'aux plus lointaines citez,
S'efforceront tous de t'ensuivre,
Et noblement comme toy vivre
A jamais seront incitez.

Pourquoy donc ces faux imposteurs
Veulent par leurs écris menteurs
Troubler nostre veine feconde,
Dont nous faisons or' égaler
Le François élegant parler
Jusqu'à la Thebaine faconde ?

Par une obscure fantasie
Maints taschent de la poësie
Rabaisser la gloire et le nom,
Et par opinions trop vaines
Abolir des lettres humaines
L'antique et celebre renom.

Mais si tu prens un coup à gré
Ce petit present consacré
A ta grandeur que je revere,
Je ne craindray qu'un glorieux
Satiriquement envieux,
De loing grondant me vitupere.

II

A CHARLES TIERCELIN

LIEUTENANT DE LA COMPAGNIE DE MONSIEUR DE
LA ROCHE DU MAINE TIERCELIN, SON PERE

Ce grand destin qui nous guide
Nous donnant à tous le frain,
Or' à l'un lasche la bride,
Or' il la retient soudain;
Il fait que cettuy aspire
Aux triumphes des soudars,
Puis soudain il le retire
De ces trop douteux hazards.

Bien que Fortune insensée
Nous égare du bon heur,
Si est-ce que ta pensée
Sera ferme en sa valeur ;
Jamais ta meure constance
Pour crainte de mille morts,
Ne changera la vaillance
De ses vertueux efforts.

Quand tu n'aurois que l'image
Du pere devant les yeux,
Si est-ce que ton courage
S'en guinderoyt jusqu'aux cieux ;
Et ainsi qu'un brave Ascaigne
Esmeu du sang paternel,
Tu suivrois pour ta compagne,
Vertu, d'un cours eternel.

Si aux armes en ta race
L'on peut choisir les premiers,
On en voit qui en la grace
Des Muses ne sont derniers;
Je me vante que ta gloire
Aura de ses faits le pris,
Et qu'on verra ta memoire
Immortelle en mes écris.

Ce n'est point pour l'alliance
De nous ny de nos ayeux,
Que je fay bruire ta lance
Jusqu'aux oreilles des Dieux;
Rien à cela ne m'incite
Que le seul bruit de ton nom,
Qui de soy-mesme merite
Un plus grand et grand renom.

Je voy le soldat d'Espagne
Trembler desjà de ton los,
Je le voy par la campagne
Tourner devant toy le dos;
Je prévoy que nostre Prince
Te fait desjà gouverneur
De mainte et mainte Province,
Qui chantera ton honneur;

J'oy pour endosser les armes
Au Camp un murmure fier
Des haut-bruyantes alarmes,
Encourageant le guerrier,
Qui brave dessoubs ta charge,
A l'ennemy palissant
Fera d'un deluge large
Vomir le sang rougissant.

Je voy France qui guerdonne
D'une voix tes faicts hautains ;
Je prevoy comme elle ordonne,
Sa clef forte entre tes mains ;
Je voy maint triumphe rare,
De joye mille grands feux,
Que le peuple te prepare,
Faisant pour toy mille vœux.

Cependant ma plume basse
Plus forte se nourrira,
Que le sainct chœur de Parnasse
De ses beaux dons remplira,
Dont je feray la peinture
De mes vers, qui seront tels
Qu'en une mesme écriture
Nous serons deux immortels.

III

A ARTUS TIERCELIN

Quand l'orfebvre industrieux
Veut enrichir son ouvrage,
Le rendant plus precieux
A quelque gentil usage,
En le parant il s'efforce
D'en oster la rude escorce ;
Puis d'un or resplendissant
Il le va enrichissant,
Afin que plus delectable
Il se trouve, ainsi doré,
Et par son art agréable
Son œuvre soit decoré.

Le peintre, dans son tableau,
Trasse la lineature,
Puis avecques le pinceau
L'enrichist de sa peinture,
D'u ie et d'autre couleur vifve
Luy donnant forme naïfve.
Si les artizans subtils
Font de leurs plus fins outils
Embellir leur gent ouvrage,
Riche d'or et de couleurs,
Pourquoy n'aura mon langage
Son or et ses douces fleurs ?

Or je ne veux qu'une fable
Des poëtes estrangers,
Ou qu'un stile variable
De ces amours mensongers,
Tombent en ma fantasie,
Pour farder ma poësie ;
C'est en ta race où j'accorde
Les tons parfaits sus ma corde ;
C'est l'or, ce sont les couleurs
Desquelles maintenant j'use,
Pour enrichir de ma Muse
Les plus coulantes douceurs.

Qui pourroit aussi chanter
Gloire plus haute et divine,
Et au-dessus attenter
De la race Tierceline ?
C'est celle qui fait congnoistre,
Et sus toutes apparoistre,
Comme le plus du bon heur
Gist en l'immortel honneur ;

C'est celle dont la proësse,
Et le cueur tant vertueux
Tesmoigne assez la noblesse,
Et grandeur de ses ayeux.

Ne donnes-tu, brave Artus,
De cecy le tesmoignage,
Moustrant tes grandes vertus
En la fleur de ton jeune aage ?
Mais cette mort envieuse
Sus la creature heureuse,
Volontiers tousjours défait
Ce qu'elle voit de parfait :
Las ! je crains que sa main fier
Envieuse autant sus toy
Que dessus Loys ton frere,
Te paye de mesme loy.

La mort, les longues années
Effacent le souvenir,
Et par fieres destinées
Hastent le temps advenir :
L'homme nonchalant de gloire
A peu durable memoire ;
Ainsi peu à peu s'efface
L'honneur d'une antique race ;
Mais un noble et hardy cueur
De l'année oublivieuse,
Et de la mort envieuse,
Regnera tousjours vainqueur.

A MONSIEUR TIERCELIN

ABBÉ D'HERMIERES ET CONSEILLER EN LA

COURT DE PARLEMENT A PARIS

Onques aucun estat avare
Du peuple grossement barbare,
N'ha sçeu tant mes espris mouvoir,
Que mon trop plus ferme courage
Ne se soit ancré davantage
Sus la constance du sçavoir.

En vain le soldat se travaille
D'acquerir gloire en la bataille,
En vain le sage est gouverneur,
Donnant loix à la Republique,
Si avecques sa mort inique
Il enterre tout son honneur.

La vertu seule et la science
Peuvent reboucher la vengeance
Du couteau par trop inhumain,
Dont la Parque horriblement pâle,
Fille de la Nuit Stygiale,
Tranche le fil du vivre humain.

Voylà, voylà pourquoy je laisse
Ce lourd populaire et me dresse
En l'air, de ce vol nompareil.
Voylà pourquoy je veux ensuyvre
La plume, l'estude et le livre,
Suyvant le beau de ton conseil !

Heureuse mille fois l'année,
Heureuse, heureuse la journée,
Heureux mille fois le moment,
Quand par ta parole benine,
Approuvant la lettre divine,
Tu asseuras mon jugement.

De ceux qui ont en main la plume
Plusieurs ont bien ceste coustume
D'empenner le nom eternel
Des hommes, dont l'honneur notoire
Faict voller luy-mesme sa gloire
D'un traict legerement isnel ;

Et de moy (dont la main heureuse
Peut une flèche industrieuse
D'un arc ivoyrin decocher)
Ne seroit point la docte Muse
Par trop ingratement confuse,
S'ell'ne vouloit ton loz toucher ?

Ton loz, dy-je, tant manifeste
Que jà par la croupe celeste
Il guide sa divinité,
Et qui par le fruict de son œuvre
Assez à l'œil humain descœuvre
Le parfaict de son equité.

Certes le palais est louable
(O Senateur inviolable)
Quand l'homme à toy pareil le suyt,
Que ny l'or ardemment avare,
Ny l'espoir d'un present plus rare,
En ses ans oncques n'a seduit.

Puisse ainsi tousjours l'excellence
Des Tiercelins croistre en la France !
Ainsi un Tahureau sçavant,
Immortalizant telle race,
Puisse avoir en ses vers la grace
D'un noble et non serf escrivant.

A MONSEIGNEUR L'EVESQUE

DE TERBES, ANTOINE D'ACHON

Maintesfois l'aveugle fortune
Aux ingrats preste sa faveur,
Et maintesfois elle importune
Ceux qui meritoyent le bonheur,
Qu'elle, aux plus lasches des humains
Depart de ses prodigues mains.

Celuy qui n'a la congnoissance
Combien, dedans tous ces bas lieux,
Ceste maistresse d'inconstance
Faict de tels actes vicieux,
Vrayement on peut dire de luy,
Qu'il est trop plus qu'elle esbloüy.

Mais or' ceste aveugle deesse
A repris l'un de ses deux yeux,
Employant en toy sa largesse,
Et te fortunant de son mieux,
Voyant bien qu'elle departoit
Sa grace à qui la meritoit,

Comme à celuy dont la nature,
Ainsi que de son cher enfant,
Avoit dès le laict pris la cure
Pour le rendre un jour triumphant
En gloire, en loz et en honneurs,
Compagnon des plus grands seigneurs ;

Celuy dont la divine race,
Admirable à tous noz François,
Peut bien de l'Espagnole audace
Revanger le plus grand des Roys,
HENRY, qui de ton oncle assez
Recongnoist les bienfaicts passez :

C'est ton sainct André, dont la France
Honore et prise la grandeur ;
Ton sainct André dont la vaillance
Faict paslir mille fois de peur
Les ennemys, qui de son nom
Entendent bruyre le renom ;

Ton sainct André, qui ne s'employe
Aux affaires que noblement,
Et qui, brave, jamais ne ploye
Contre l'ennemy laschement ;
Qui pour un honorable effort
Ne craint les perils de la mort.

Un chascun list dedans ta face
Je ne sçay quoy de si parfaict,
Qui te monstre assez de la race
D'un sang si vertueux extraict,
Toy, de qui les honnestes mœurs
Ne s'aveuglent pour les honneurs.

C'est un grand bien que la richesse,
Si flattant elle ne pipoit,
Et d'une aleschante caresse
Ses possesseurs ne retrompoit,
Les rendant d'appasts doucereux
Par trop d'eux-mesmes amoureux.

Maint parent de petit lignage,
Et sorty d'un fort pauvre lieu,
Change de race et de langage,
S'estimant quelque demy-dieu,
Et perd tout son meilleur esprit
Soudain que fortune luy rit.

Si bien qu'il ne veut recongnoistre
Les plus près de sa parenté,
Et moins ceux-là qui l'ont veu naistre
Et se trainer en pauvreté,
Et qui de maint morceau de pain
Ont possible appaisé sa faim.

Tant de ces richesses la pompe,
D'un coustumier aveuglement,
La plus grand' part des hommes trompe,
Leur bandant les yeux doucement,
Faisant croire au plus imparfaict
Qu'il est de tous le plus parfaict.

Mais toy qui, outre la richesse
Et les grands biens delicieux,
Te peux vanter de la noblesse
De mille et mille tes ayeux,
Et d'un tige trop plus hautain
Que celuy qui naist si soudain ;

Si est-ce que ta fanta-ie
Pour tes grandeurs ne se deçoit,
Ains ton honneste courtoisie
Un chascun doucement reçoit
De-ceux là qui meritent bien
Estre faicts dignes d'un tel bien.

Fortune ne s'est point deçeue
T'ayant si doucement traité,
Lors que, par miracle, la veue
Luy fut renduë d'un costé,
Et vrayement ne se trompera
Tandis qu'elle te cherira.

Car ta jeune, ains sage hautesse,
Sçait user du sien noblement,
Et favorise la jeunesse
Qui veut travailler doctement
A peindre aux François desormais
Un renom qui ne meurt jamais.

Mais je diray (si la Déesse,
Qui t'a desjà veu d'un bon œil,
Te faisant encores largesse
De son plus liberal accueil
Te donne un chappeau precieux),
Qu'elle verra de ses deux yeux.

3

CONTRE QUELQUES-UNS

QUI LE BLASMOYENT DE SUYVRE LA POESIE

D'où vient cela que l'envieuse rage,
Qui les cœurs ronge, entreprend de blasmer
Mes ans oisifs ; et les vers, un ouvrage
D'un pauvre esprit et paresseux nommer ?

En m'accusant que je ne suy la trace,
Estant dispost, de mes nobles ayeux,
Qui ont conquis par la poudreuse place,
Et par le sang, maint loyer vertueux ?

Ou bien pourquoy me reprend-elle d'estre
Si peu soigneux d'estudier la Loy,
Pour l'aller vendre au Palais, qui faict naistre
Un bruit confus et mercenaire abboy ?

Telle entreprise en vain tant estimée
Ne fuit de mort les accidents divers ;
Mais j'auray bien une autre renommée,
Dont je vivray sans fin en l'univers.

Pindare vit, et du divin Orace
Encores n'est aboly le renom,
Et ne mourra jamais la haute grace
Du Mantoüan, celebre par son nom.

Qui priseroit d'Achille la vaillance,
Si le Poëte aveugle n'eust tranché
L'aisle envieuse à l'endormy silence,
Dessoubs laquelle il fust sans luy caché ?

Qui nous feroit admirer la sagesse,
Le tant divin et prevoyant esprit
Du caut Ulisse, honoré par la Grece,
S'il n'estoit veu depeinct au mesme escrit?

Pendant qu'Amour d'une flesche dorée
De la jeunesse enflammera les cœurs,
Des amoureux la plume enamourée
Vivra tousjours entre cent mille honneurs.

Du vieil Ennie et de Vare, sans cesse
Le grand renom immortel se dira,
Et les beaux vers de ce hautain Lucrece
Lors periront quand ce tout perira.

Le stile aussi du doux-coulant Ovide,
Tant doucement par nombres mesuré,
Jamais de gloire et los ne sera vide,
Contre le heurt de tout temps asseuré.

De quoy le Loyr? de quoy s'enfle la Loyre,
Sinon du bruyt desbordant en tous lieux
De son Ronsard et du Bellay, sa gloire,
Pour les porter d'icy là haut aux cieux?

Doncques, pourquoy ne pourray-je bien estre
L'honneur du Meine et de Sarte nommé,
Pour avoir un des premiers fait cognoistre
En ce lieu-là le Luc bien animé?

Que tous les Roys et leur gloire estoffée
Cedent adonc aux hommes bien disans,
Dont les escrits leur haussent un trophée
Pour se venger du long oubly des ans.

3*

Que l'ignorant prise la chose basse,
Mais le mary des Muses, bien appris,
Aura tousjours ceste hautaine grace,
Qu'il ne voudra que celle de grand prix.

Quant est de moy rien plus je ne souhete
Que d'Apollon me voir favoriser,
Et pour me voir son excellent poëte,
Pouvoir de l'eau d'Elicon épuiser ;

A celle fin qu'une belle couronne
Ceigne mon front de laurier couronné,
Et que l'honneur qu'aux beaux écris on donne
Soit quelquefois à mon livre donné.

Pendant qu'on vit, la pâlissante envie
Des bons espris aboye le renom,
Mais tost après, se finissant la vie,
On leur voit rendre un perdurable nom.

J'espere bien, mesmes après l'audace
Et de la mort et du temps oublieux,
Que mes écris gaigneront quelque place,
Maugré l'abboy de ces chiens envieux.

CONTRE EUX-MESMES

Paissez-vous d'une envie pâle,
Paissez-vous, traistres, gloutement ;
Comme du chien la gueule sale
Se paist de son vomissement.

CONTRE LES CALUMNIATEURS

Si par vous, oyseux raillards,
Ma jeunesse est déprisée,
Croyez que vos sots broquards
Me serviront de risée.

CONTRE UN CAMUS

IMPORTUN CALUMNIATEUR DES ESCRITS

D'AUTRUY

On m'ha dit que tu veux reprendre
Un chacun à ton appetit ;
Pauvre sot ! tu ne peux entendre
Que tu as le nez trop petit.

DE RABELAYS,

PRIS DU LATIN DE BEZE

Puisqu'il surpasse en riant
Ceux qui à bon esciant
Traictent choses d'importance ;
Combien sera-t-il plus grand
(Je te prie di-moy) s'il prend
Un œuvre de consequence ?

DE LUY-MESME TRESPASSÉ

Ce docte nez, Rabelays, qui piquoit
Les plus piquans, dort soubs la lame icy,
Et de ceux mesme en mourant se moquoit
Qui de sa mort prenoyent quelque soucy.

D'UN LIVRE ASSEZ PLAIN

DE BEAUX MOTS, MAIS VUIDE DE GRANDES

INVENTIONS

Ce Livre est beau, gratieux et benin,
Propre, elegant ; mais certes sans venin.

DE B. TIERCELIN, ABBÉ

DES CHASTELIERS ET DE BERNARD DU GARDIEU,

SEIGNEUR DE SALLETTES, AUTREFOIS

SON PRECEPTEUR

Tous deux vrayement vous avez eu cet heur
D'un bon disciple et d'un bon precepteur.

A MADAMOISELLE

YSABEAU D'AUTEVILLE

Si j'ay dit à bon droit ta sçavante Princesse,
Des vierges d'Elicon la dixiesme deesse,
Puisqu'en perfection les plus belles tu passes,
Pourquoy ne seras-tu la quatriesme des Graces ?

A P. DE RONSARD

Cette amour trop grande à soy-mesmé,
Troublant les yeux de nos espris,
Et flattant de douceur extresme
De nos poetes les mieux appris,
Ne deçoit point tant ton courage,
L'abusant ainsi follement,
Que tu ne la trompes, plus sage,
D'un meur et rassis jugement.

Jugement, dy-je, dont l'estime
De ses yeux clerement ouvers,
Ha mis le dernier trait de lime
Dessus l'ouvrage de mes vers.
Tousjours ma Muse balancée
Alloit deçà, delà tournant,
Et presque au vol toute élancée
Doubteux je l'alloy retenant.

Mais depuis que par l'asseurance
D'un tant bon jugement, as fait
Qu'elle ha eu vraye congnoissance
Et d'elle et de son plus parfait,
Mettant bas sa couharde crainte,
D'un son bravement furieux,
Elle entonne en la troupe sainte
Les nerfs du Luc armonieux.

D'estre loué par les Provinces,
Voire et d'avoir bien quelquefois
Peu resjouyr des plus grands Princes
L'oreille au doux bruit de ma voix,

N'est pas cela qui me contente ;
Et, pour ravir maint amoureux,
Admirant celle que je vante,
Je ne m'estime pas heureux.

Avoir contenté ton oreille
(Oreille qu'on ne deçoit point
Par la piperesse merveille,
Qui la gloire des hommes oingt)
Est cela seul qui fait ma face
Sans rougir eslever en haut,
Et qui fera des Roys la race
Ardre dedans mon cueur plus chaut !

Par toy, m'asseurant de la guide
Qui me conduit tout droit au bort,
Où l'eau de l'aislé cheval ride,
Vangeant ses beuveurs de la mort,
Jusqu'au mont d'Elicon qu'elle orne,
Suivant tes pas je traceray,
Et pour combler ma riche corne
Maintes fleurs j'y amasseray.

A LUY-MESME

Si tu entens quelquefois
Le fredon de ma guitairre,
(O l'honneur du Vandomois,)
Vouloir ton luc contrefaire ;
Si je suis picqué de l'heur
Dont nostre France t'adore,
Je ne te rends que l'honneur
Dont il faut que je t'honore.

Où pourroy-je aussi vouloir
Prendre asseurance plus forte
Qu'en toy, qui as eu pouvoir
Douvrir aux François la porte
D'un Paradis qui est tel,
Qu'il soupire la memoire
De nostre nom immortel,
Saint loyer de nostre gloire?

Et bien que j'eusse failly,
En la verdeur de mon aage,
D'avoir si tost assailly
Le haut fruit d'un tel ouvrage,
Si est ce qu'à mon honneur
Retournera telle faute,
Puisque j'ay eu si grand cueur
En une chose tant haute.

A PIERRE DE PASCAL

ET AUX DIEUX, EN SA FAVEUR

Yo, quelle fureur, quelle fureur divine,
Bouillonnante au profond de ma creuse poitrine,
Et qui par tout mon corps se venant écouler,
Dérobe à mes poumons la force de parler?
Qui peu à peu rampant d'une secrette flamme,
Affole doucement le plus doux de mon ame?
Yo, je prevoy bien qu'il me faut enfanter
De grands misteres saints, pour mieux et mieux chanter
L'honneur des demi-dieux, le plus avant en grace
De tous ceux là qui font la court au saint Parnasse :
C'est toy, mon cher amy, c'est toy, mon cher Pascal,
Qui d'un neud Delien, si doucement fatal,

Me contrains doucement de ma voix plus hardie
D'adoucir ces beaux vers qu'ores je te dedie :
Ces vers qui dureront maugré nos blasonneurs
Cependant que le ciel, brave de tes honneurs,
Espandra les tresors (grand miracle du monde)
Les tant riches tresors de ta riche faconde ;
Si riche qu'elle ha peu tenir en toy béant
Le Senat de Venise à tes raisons ployant ;
Quand d'un front admirable, en la grave presence
De ces doctes vieillards, armé d'une asseurance,
Icy coulant le miel de ton parler plus doux
Et là le fiel amer de ton juste courroux,
Des nobles Mauleons tu dépeignoys la race,
Oignant de ces douceurs leur immortelle grace ;
Puis soudain aigrissant d'une brave fureur
Tu faisois voir à l'œil la sacrilège horreur
Des infames meurtriers, qui par rage aveuglante
Qui troublez, furieux, d'une œillade sanglante,
Avoyent, helas ! rougi leur trop cruelle main
Au sang des Mauleons (crime trop inhumain) !
O inhumain Roger ! autheur de cette offence,
O Roger inhumain ! bourreau de l'innocence,
Pouvois-tu bien souffrir, dy, meurtrier furieux,
Pouvois-tu bien souffrir de voir devant tes yeux
Ce jeune Mauleon d'une tant noble race,
Si miserablement ensanglanter la place,
Et ses loyaux servans, d'un cueur mort et transy
A jointes mains crier à tes deux pieds mercy ;
Et desirans plus tost pour eux la mort élire
Que si bourellement voir leur cher maistre occire ?
Di donq, homme perdu, di, pouvois-tu bien voir
Tant de piteux effets, sans ton cueur émouvoir
Autrement à pitié et sans flechir la rage
Qui tant felonnement bouilloit dans ton courage !
Non, non, méchant meurtrier ! ny un grand lac de pleurs,

Ny sanglots, ny souspirs, ny cent mille clameurs
Ont amolli ton cueur, que d'une main bourelle,
Horriblant du profond de ton ame cruelle,
Tu n'ayes sanglanté, miserable bourreau,
Par mille et mille coups, le fil de ton couteau
Dans ces trois corps chetifs, à qui, gisans à terre
Tous morts, plus que devant tu refaisois la guerre!
Ton poil s'en herissoit, et ta bouche d'horreur
Des deux costez jettoit une laide fureur :
Tout ainsi que l'on voit la tigresse felonne
Escumer, quand plus fort la rage l'époinçonne.
Et parmy ce forfait, par cent foys empourprée
Tu voïoys degouter ta distilante espée ;
Et ce pendant ton œil affamé se paissoit
De voir obstinément le lieu qui rougissoit
Tout à l'entour de ceux desquels ta main meurtriere
Avoit tiré de sang une large riviere!
Mais, mais, Muse, hola! ne souille plus ton chant
Au mal-heureux forfait de ce meurtrier méchant,
Qui me fait égarer du loz, que sus ma lire
J'avois de mon Pascal avant-pensé de dire.
Retourne donq, mamie, en ton premier chemin,
Et recerche le but de mon Pascal divin,
De mon divin Pascal, qui par la docte troupe
Paroist, comme l'on voit sus la plus haute croupe
D'un grand mont, s'eslever un grand roc, menassant
Le petit ruisselet qui se va tapissaut,
Bruyant d'un doux murmure, au pied de la montaigne.
C'est luy qui, nonobstant sa grandeur, ne desdaigne
De lire et d'approuver le jeune enfantement
Que sus mon foible luc j'entonne bassement ;
Autant que si d'un son plus superbement brave,
Je le faisois entendre en mon aage plus grave.
Il n'est point de ceux-là qui gardent au dedans
Les envieux appasts sans cesse remordans.

Il ne s'embourbe point dans la jalouse fange
Qui souille des sçavans la plus nette louange ;
Et jamais, s'alliant avecques les flatteurs,
Il n'alla desguisant mille propos menteurs ;
Ny jamais pour un prix vilement mercenaire
Il ne traça les pas de l'inconstant vulgaire.
Mais les destins jaloux sus les hommes bien nés,
Desastrant leur bonheur d'ennuis infortunez,
D'un procès, qui les tient presque tous en servage,
Accablent le repos du plus doux de son aage.
C'est luy, Muse, qui peut de son divin parler
Faire les dieux d'en haut icy bas devaler ;
Et qui de la douceur qu'il anime en sa bouche
Peut bien à soy ravir la plus terrestre souche.
Mais comment soufrez-vous, dictes, ô dieux puissans !
Que les larrons discords des procès blesmissans,
Nous desrobent ainsi le mieux de nostre France,
Sans user envers eux autrement de vengeance ?
Voudriez-vous bien souffrir qu'une telle fureur
Fist encor mon Pascal refrissonner de peur,
Et encor un long temps de ses Muses distraire
Pour s'embrouiller au bruit d'un palais populaire ?
Assemblez vostre chœur, et tous d'un sainct accord
Faictes le demeurer vainqueur sus ce discord.
Toy, le plus souverain, dieu, des grands dieux le pere,
Monstre-luy donc soudain et voy qui pourroit mieux
Que luy te rechanter le grand maistre des cieux ?
Qui pourroit mieux que luy faire esclater ton foudre
Quand on l'entend par l'air horriblement descoudre ?
Ou peindre hautement ta grave majesté,
Quand ton estomach plein d'une saincte equité
('Tous les dieux assistans), par ta bouche balance
Aux bons et aux mauvais une juste sentence ?
Quand tu fais d'un regard terriblement flambant
Tout le trosne trembler, à tes pieds se courbant ?

Comme l'on te doit craindre et quelle reverence
Nous devons tous porter à ta supresme essence !
Et toy du firmament emperiere Junon,
Qui pourroit mieux que luy haut-louër ton renom ?
Et comme par trois fois en t'invoquant, Lucine,
Tu soulages le mal de la femme en gesine ;
Puis comme sans douleur tu luy fais doucement
Voir le fruict desiré de son enfantement ?
Comme tu vas liant d'un très-chaste courage,
L'homme avecques la femme au sacré mariage ?
Qui pourroit mieux que luy tes ornemens chanter,
Tes precieux joyaux, tes chers thresors vanter,
Tes superbes palais, tes maisons sumptueuses,
Tes grands temples flambans de richesses pompeuses ?
Preste-luy donc. Junon, preste-luy donc ta voix,
Et le delivre tost des importuns abbois
D'un tas de clabaudeurs ; ainsi sois-tu sans cesse
Par luy diete du ciel la premiere princesse.
Qui pourra mieux que luy descrire le sçavoir
De toy, sage Pallas, qui pourra faire voir
Mieux que luy ta fureur, quand bravement felonne
Aux guerres on te sent une horible Bellonne ?
Ou dire le parfaict de ton doigt Minervin,
Quand, traçant à l'aiguille un ouvrage divin,
Tu fais sembler à l'œil que la nature vifve
Se patronne elle-mesme en ta toille naïfve ?
Sois donc toute pour luy, et le tirant d'esmoy,
Oblige sa main docte à travailler pour toy.
Et toy, belle deesse en Cithere adorée,
Venus aux riens yeux, à la tresse dorée,
Au front large et poly, aux deux beaux petits arcs,
D'un petit filet noir descochant mille dards,
Au nez blanc et traitif, à la bouche vermeille,
A la joue, au beau teint de la rose pareille,
A la gorge douillotte, au menton fosselu,

Au sein plus blanc que neige, au teton pommelu
Au corsage divin, à la main ivoirine,
Au ventre doucelet, à la cuisse marbrine,
Au petit (ha, mignarde! ha, Muse, il ne faut pas
Toucher l'endroit qui donne un millier de trespas!)
A la jambe greslette, à la greve naïfve,
Au petit pied glissant de desmarche lascive,
Voudrois-tu bien laisser celuy là qui peut bien
Faire, non seulement au sejour Paphien,
En Cipre, ou en Cithere, ainçois par tout le monde,
Adorer tes beaux yeux et ta perruque blonde ?
Cestuy-là qui peut mieux te redonner encor
Que ton aymé Paris, la riche pomme d'or ?
Cestuy-là qui te peut peindre encores plus belle
Que le pinceau divin de l'excellent Appelle ?
Et qui peut bien aussi, s'il ne t'offense point,
Chanter le doux tourment et l'ennuy qui t'a poingt
De ton bel Adonis et la mignarde grace
Qui si mignardement jouoit dessus sa face ?
Comment tu le sentois foiblement souspirant,
L'halenant d'un baiser, sus ta bouche mourant ;
Et puis comment tu vins, helas! d'une autre sorte,
Hé! pleurer à bon droit sus sa poitrine morte ;
Celuy qui te peut bien vanger du tort honteux
Que ce Vulcan jaloux, ce mocquable boiteux,
T'appresta. se souïllant luy-mesme d'un diffame,
Qu'il fist trop follement retourner sus son blasme.
Et toy, Mars, dieu guerrier, veux-tu qu'en toutes parts
L'on revere l'honneur de tes vaillants soudarts ?
Veux-tu voir foudroyer d'une sanglante guerre
De grands coups furieux l'horreur de ton tonnerre ?
Veux-tu mille squadrons soubs ta main assembler,
Qui facent rocs et bois, ciel, mer, terre trembler ?
Veux-tu faire parler de ta haute vaillance ?
Veux-tu que l'on te craigne et qu'on doubte ta lance ?

Favorise Pascal, et tu verras alors
Comme il ira chantant tes plus braves efforts ;
Et par luy tes soldats bouillans de la victoire
Charger tes fiers posteaux de trophées de gloire.
Et toy, Cyllenien, des dieux subtil heraut,
Mercure aux pieds aislez, tout l'honneur de là haut,
Veux-tu faire nommer ta verge enchanteresse ?
Veux-tu faire assembler une grand' troupe espaisse
Et d'hommes et de dieux, qui tous ravis oyront
Les doux mots qui de toy doucement couleront ?
Viens de ton cher Pascal la juste cause entendre,
Et devant tous les Dieux sainctement la deffendre :
De ton mignon Pascal, à qui dès le berceau
Tu vins de ton tresor prodiguer le plus beau :
C'est le Nectar sucré de ta parolle douce,
Par qui des escoutans tous les sens il destrousse,
Par qui d'un beau parler fluidement hautain
Il fait honte au plus doux du bien dire Romain.
Et toy, Semelien, qui dans tes tasses pleines
D'un bon vin escumant charmes noz tristes peines
Et que tout bon Poete est tousjours coustumier,
Ainsi que je devoy, d'invoquer le premier,
Viens rire à mon Pascal, si tu veux qu'on t'honore
Aux Indes comme Roy, si tu veux qu'on adore
Tes misteres sacrez et le secret divin
Que nous trouvons caché dans la douceur du vin :
Ainsi plus que jamais ceux qui blasment ta feste
Auront mille frayeurs dedans leur folle teste,
Et comme un fol Panthée horriblement troublé
Ils cuideront au ciel voir le soleil doublé !
Ainsi nous te ferons de grands festes annalles
Gayement celebrant tes sainctes Bacchanales,
Trop mieux que ne faisoyent tes subjects anciens
De trois ans, en trois ans, en leurs vœux Orgiens.
Nous ferons, librement cottissans sus la terre,

Pesle mesle choquer noz lances de lierre,
Et de ton gay breavage eschauffant noz cerveaux,
Nous te celebrerons par mille jeux nouveaux.
Et vous tous, autres dieux, ô bien-heureuse race,
Qui d'un lustre flambant en vostre claire face
Dorez vostre sejour, venez tous orendroit,
Pilliers de l'equité, soustenir sou bon droit.
Ainsi, plus que jamais, tous les peuples par bandes
Vous viendront à la foule apporter leurs offrandes,
Ornant de riches dons voz superbes autels,
Tant il exaltera voz saincts noms immortels !
Et vous, mignardes sœurs, qui dessoubs la cadance
D'Apollon aux beau crins, mesurez vostre dance,
Qui dessoubs la fraicheur des plus gays arbrisseaux,
Auprès du cours bruyant des Pegazins ruisseaux
Allez refredonnant de voz mains non oisives,
Des hommes vertueux les gloires tousjours vifves ;
Ne vous amusez tant, belles, à vostre bal
Que vous ne jectiez l'œil quelquefois sus Pascal,
Vostre Pascal, qui tint dès sa plus tendre enfance
Pour vous, non seulement en nostre docte France,
Ains qui, maugré l'effort de tous voz envieux,
A semé tout ce rond de voz noms glorieux,
Et qui, maugré l'abboy de leur folle querelle,
Publira vostre gloire à jamais immortelle !
Allez encore un coup, mignardes, dans la Mer,
Voir les flots abboyans grossement escumer,
Et les ondes tranchant, r'appellez vostre mere,
Qui vous regüidera par devers vostre pere ;
Menez vostre Apollon, qui paistra tous les dieux,
Chatouillant de ses doigts un chant melodieux,
Qui sus les nefs parlans de sa lire dorée
Dira de mon Pascal la louange honnorée.
D'autre costé Pascal, de sa plus docte voix,
Dira ses beaux cheveux, son arc et son carquois,

Comme il chasse soudain la pasle maladie
De ceux qui vont trainant leur languissante vie.
Allez, race divine, et monstrez-luy comment
Vostre divin Pascal, que tant heureusement
Il a tousjours chery, sent ores la tempeste
D'un affaire brouillé, qui tourne dans sa teste
Mille soucis mordans, que ces procès luy brassent,
Et tout le plus naïf de ses graces effacent.
Il me semble desjà, desjà, que j'apperçoy
Vostre grand Jupiter qui s'arreste tout coy,
Enchanté des accents de la douce harangue,
Qui coule doucement de vostre molle langue.
Je le voy tout surpris frissonner jusqu'au cœur,
Je le voy comme il fait vostre Pascal vainqueur,
Je le voy commander aux hommes de justice,
Qui de ce monde bas regissent la police,
De luy garder son droit : yo! yo! je voy
Mon Pascal qui de loing, joyeux, accourt à moy,
Comme tout ravy d'aise, il me serre, il m'embrasse!
Et comme il rend aux dieux une immortelle grace
D'avoir d'autour de luy ce procès esloigné,
Qu'à bon droit aujourd'huy par eux il a gaigné!
Je le voy retourner faire mille caresses
Aux neuf sœurs d'Elicon, neuf divines deesses;
Je voy les mieux aymez de ces mignardes sœurs
Leurs chambres parsemer de mille et mille fleurs;
Je voy comme un chascun ses richesses desploye,
Je voy comme un chascun faict, en signe de joye,
Un chant pour mon Pascal et mon Pascal aussi
Chasse bien loing de soy tout ce passé soucy.
Je voy, je voy desjà près des belles fontaines
S'assembler les beautez des nimphes Tholozaines;
Je les voy, ce me semble, aux bords des claires eaux
Tortiller de leurs doigts mille odorans chappeaux
De fleurettes d'eslite et toutes faisans feste

A Pascal, à l'envy luy en couvrir la teste.
Vi donques mon Pascal, bien-heureux, ce pendant
Que cest amour felon de son traict plus mordant
Creusera ma poitrine : hé ! le cruel conspire
Desjà de me tirer vers celle que j'admire !

A MONSEIGNEUR DE

SAINGELAYS

Celuy, Mellin, qui souhaitte
D'estre estimé bon Poëte,
Il ne faut tant seulement
Qu'il masque de l'ornement
D'une mensonge notable
Sa matiere variable ;
Les poëmes plus parfaicts
Doivent ressembler aux traicts
Du bon peintre, qui prend cure
De rendre au vif la nature.
Que sert au peintre, s'il faut,
Sus l'art couvrir son deffaut,
Quand tous les portraits qu'il trace
N'ont air ni aucune grace ?
Et encor que son pinceau,
Pour mieux farder son tableau,
Ne se monstre jamais chiche
De la couleur la plus riche ;
Si est ce qu'il ne fait rien,
Si sa main n'en ouvre bien,
Et si son pourtrait ensemble
N'est riche et qu'il ne ressemble.

Aussi n'est-ce pas assez
D'un tas d'écris ramassez
De ces antiques merveilles,
Nous étonner les oreilles,
Si cela qu'on entreprend,
Ou soit de bas, ou de grand,
Heureusement ne se traite
Par le labeur du poëte.
Mille aujourd'huy nous font voir
Leur trop indocte sçavoir,
Cuidans se rendre admirables
Soubs l'ombre d'un tas de fables,
Dont par trop confusément,
Sans ordre et sans jugement,
Sans fin leurs vers ils remplissent ;
Leurs vers, qui rudes languissent
Sans nerfs, sans force et sans art,
Et qui, sans avoir égard
Aux personnes qu'ils écrivent,
Tousjours pauvres ils ensuivent
Un trait et une façon,
Et d'une mesme chanson
Bien mille fois rechantée,
Ou des autres empruntée,
Ils pensent gaigner le pris
Dessus les mieux nez esprits.
Heureux celuy qui peut plaire
Non au plus gros populaire,
Non à ces admirateurs
De tels égarez autheurs,
Traitant la chose incongnue
D'eux mesmes non entendue,
Mais à un sain jugement,
Mais à ceux qui nettement
Peuvent recercher la grace

D'un écrit de bonne race.
Tousjours, Mellin, tu as eu
(Et certes il t'est bien deu)
Ce bien-heureux avantage,
Que de ravir le courage
Et de gaigner la faveur
D'un chacun par ta douceur.
Les Parnasides Déesses,
Les Princes et les Princesses,
Et les plus doctes François,
Mesme la grandeur des Rois,
Ta docte plume dorée
Ont à bon droit adorée,
Et sans cesse adoreront
Ceux qui tes beaux vers liront ;
Mais ton esprit ne s'amuse
Tant seulement à la Muse,
La Muse, qui pour un temps,
Nous sert d'un doux passetemps.
Tu employes bien tes heures
A des estudes plus meures,
Et ton esprit est vestu
De bien plus rare vertu.
Rien des lettres plus divines,
Rien des plus graves doctrines
Ne te fuit, ny des secrez
Des vieux Latins ou des Grez.
Trop et trop heureux j'estime
Le bas nombre de ma rime
De t'avoir pleu et, par toy,
Rencontré chez nostre Roy
Cette favorable grace
De n'estre en la moindre place.
Mais puissay-je à l'advenir
Comme toy mieux parvenir,

Quittant les tendres jeunesses
De ces neuf jennes Déesses!

DE CL. DE BAUFFREMONT

NEPVEU DE MONSEIGNEUR LE CARDINAL

DE GIVRY

Je ne sçauroy te forger sus l'enclume
Un brave ouvrage en mille traits divers ;
Mais seulement je te peux de ma plume
Pourtraire au vif et peindre de mes vers.

Si je pouvois t'offrir present plus riche,
Très volontiers j'en seroy le donneur,
Le consacrant de cueur et main non chiche
Pour en dorer ta divine grandeur.

Mais ce seroit des plus seches fontaines
Espuiser l'eau, pour en Mer la porter,
Ou bien coupant du bois des basses plaines
En la forest des branches transporter.

Le stile aussi de ma Muse petite
Trop mieux te plaist qu'un don ambicieux,
La Muse seule est celle qui invite
A bien tenter le haut chemin des cieux.

Je n'eus jamais, pour te louer, envie
De faire voir la grandeur de ton bien,
Ni les estats plus braves de la vie,
Lesquels auprès ta vertu ne sont rien.

Ta vertu donq que Pallas accompaigne,
La fortunant de son parfait sçavoir,
Est cela seul qui les accords m'enseigne,
Faisant mon pouce en ma lire mouvoir.

A N. DE CHAUMONT

Les autres chanteront l'effait
D'une main de sang rougissante
Et diront l'ennemy deffait
Fuyant d'une peur pallissante.

Bien que d'Achille furieux
Homere ait empraint la memoire,
Et doré d'un trait glorieux
D'Ulisse l'eternelle gloire ;

Je ne veux pourtant entonner
Les alarmes de sons lyriques,
Et moins encor refredonner
Les chants des poëtes antiques.

Je veux dessus mon luc doré
Faire sonner telle harmonie,
Que rendant ton nom honoré
El' mesme se rende infinie.

Pourquoy changeray-je mes vers,
Et le naturel de ma rime,
Empruntant en autheurs divers
De l'un ou de l'autre l'estime ?

J'ay devant moy, sans mandier
D'une bataille ou d'un poëte,
Un à qui tout me dédier,
Et mes loüanges, je souhete.

C'est toy, amy, qui voudras bien
Quelquefois t'amuser à lire
Approuvant cet ouvrage mien,
Et le foible chant de ma lire.

C'est toy dont le sçavoir est tel,
Qu'il peut, sans d'autruy l'écripture,
Hausser ton beau nom immortel
D'une gloire qui tousjours dure.

Pourquoy veux-je donq animer
Ton nom empraint dedans mon livre,
Te pouvant mieux faire estimer
Toy-mesme d'un eternel vivre ?

Or sus donq, ma Muse, tais toy,
L'amour t'est beaucoup mieux seante ;
Desjà me semble que je voy
Cette folastre qui m'enchante

A JAN ANTOINE DE BAIF

Si tu as d'un gay labeur
Couvert du nom de Meline,
Emporté desjà l'honneur
De l'amoureux le plus digne ;
Que feras-tu si tu sens,
Par une dame parfaite,
Doucement ravir tes sens
D'une amour non contrefaite ?

Mais tu sçais bien autrement
Gouverner les sages Muses,
Et tousjours tendrettement
Aux jeunesses ne t'amuses ;

Tu sçais bien comment il faut
De ces amours te distraire,
Et d'un écrit trop plus haut
Aux plus doctes hommes plaire.

Car soit qu'en renouvelant
La Muse Grecque ou Latine,
Un vers doctement coulant
Sorte de ta main divine ;
Soit qu'un mastin envieux,
Foudroyé de ton orage,
A luy-mesmes furieux
Contre luy-mesmes enrage ;

Ou soit que d'un vers tout tien
Tu chantes de longue alene
Le ruisseau Pegazien
Sourdant de ton Ypocrene ;
Soit que d'un stile plaisant
Aux fables tu donnes grace,
Chacun. comme au mieux disant,
Te quitte aisément la place.

Combien de fois élongné
De ce rude populaire
'Tes pas m'ont accompaigné
Par maint bosquet solitaire ?
Combien avons nous passé
De chaleurs soubs la ramée,
Et tes beaux vers compassé
Ama guiterre animée ?

Ma guiterre qui jadis,
Par ses chansons nompareilles,
Ouvroit un beau Paradis
Aux plus friandes oreilles.

Celle qui me seduisoit
Le cueur des chastes pucelles,
Sur lequel elle aguisoit
Mille vives estincelles.

Celle, las! qu'un sort cruel
Rend maintenant endormie,
Sentant le feu mutuel
Que j'ay par l'œil de m'amie,
Celle qui ne chante plus
Que de mort, que de tristesse,
Celle dont les nerfs perclus
Se vont privant de liesse.

Helas! pourroit revenir
Quelque autre saison plus gaye,
Qui m'ostast le souvenir
De ma douce fiere playe?
Pourroit le soulagement
De ma premiere harmonie
Rafraischir l'embrasement
De ma langueur infinie?

Non! non! je suis destiné
Par ma cruelle guerriere
De voir mon jour terminé
Dans l'amoureuse carriere.
Jamais je ne franchiray
Ce rempart qui m'environne:
Hé! tousjours je languiray
Au sort que le ciel m'ordonne.

Quelquefois tu me verras
Entonner d'une autre sorte,
Et tout ravy chanteras
Ma rithme bravement forte;

4

Mais je ne peux animer
Maintenant dedans ma bouche,
Que l'amour qui vient limer
Mon cœur d'une vifve touche

A JEAN DE LA PERUSE

PREMIER TRAGIQUE DE LA FRANCE

J'avois quelquefois entrepris
De tonner l'horreur des alarmes,
Et comment on ravit le prix
Forcenant parmy les gensd'armes;
Comment le soudart furieux,
Noir de sueur, de sang, de poudre,
Tempeste et froisse, audacieux,
L'ennemy d'une horrible foudre.

Je m'enroüoy d'un cry plus fort
Que la lire mignardelette,
Cornant le martial effort,
Subject bien loing de l'amourette;
Je vomissoy d'un plus haut ton
L'horreur, le massacre, l'orage
Du meurdrier foudroyant canon,
Ronflant d'une groudante rage.

Le brusque cheval hannissoit
Rouant par la gendarmerie,
Et brave à l'approcher, froissoit
Les bandes de l'enfanterie;
Deux camps pesle mesle brouillez
Se chargeoyent d'une horrible audace,
Descouvrans leurs harnois souillez
Du sang des gisans par la place.

Le capitaine et le soudart,
Desployans leur force incroyable,
Courageux, gaignoyent le rampart
Au choc d'un assaut effroyable.
Jà desjà le François vainqueur,
Terrassant l'Espagnole gloire,
Doubloit la force de son cœur
Bouillant de si belle victoire ;

Mais je racle tout ce project ;
Maintenant je quitte les armes,
Helas! fatalement subject
A de plus piteuses alarmes.
Helas! mon amoureux papier
Ne veut plus souffrir que des plaintes,
Et meurt s'il se void essuyer
De mes trop ploureuses complaintes!

Et bien que cest Archerot nu
N'eust faussé ma Muse guerriere,
Et j'eusse auparavant congneu
Ta fureur si bravement fiere,
Onques ma main n'eust entonné
Dessus ma trop foible guiterre
Ce tragique dieu forcené,
Bruslant des horreurs de la guerre.

C'est à toy, Peruse, qu'il faut
Tonner d'une voix si hardie,
Et d'un cor superbement haut
Horribler sus la Tragedie!
Par toy tous noz peuples béans,
Et ravis de ta brave vène,
Congnoistrout les faicts Medeans
R'enfantez de ta docte halène.

4*

Certes la France au temps passé
Languissoit soubs une paresse,
Et son renom presque effacé
Alloit mourir, sans la jeunesse,
Qui pour sa gloire travaillant
Aujourd'huy son loz renouvelle,
Et soigneusement est veillant
Pour sa docte langue immortelle.

Heureux sois-tu donc le sejour,
Le beau sejour de nostre France,
Puisque tu rameues le jour
Contre la nuict de l'ignorance!
France, tu vois de bons esprits
Tous amys aimez de la Muse,
Mais au rang de tes mieux appris,
Tu peux bien choisir un Peruse!

A ESTIENNE JODELLE

SE JOUANT SUS SON NOM RETOURNÉ

Quand tu nasquis en ces bas lieux
Tous les dieux et les demi-dieux,
Et les deesses plus benines
Graverent de lettres divines
Dans ton astre bien fortuné :
Io, le Délien est né!

Tout le Parnassien troupeau
Chantant autour de ton berceau,
Te prevoyant son prestre en France,
Disoit en l'heur de ta naissance
Sur ton front desjà couronné :
Io, le Délien est né!

Les Nimphes des bois et eaux,
Faunes, Chevrepieds, Satyreaux,
Les rocs, les antres, les montaignes,
Les prez, les bosquets, les campaignes,
Ont tous ensemble resonné :
Io, le Délien est né !

Dès la fleur de tes jeunes ans,
De nos Poetes les mieux disans
Ravis, comme d'un autre Ascrée,
De ta docte bouche sacrée,
Ont tous sur leur lire entonné :
Io, le Délien est né !

Il me semble desjà que j'oy
Rire et chanter avecques moy
Toutes nos plus belles fillettes,
Ayans de gayes violettes
Leur chef espars environné :
Io, le Délien est né !

Ne craignez plus, divins esprits,
Que l'ignorant gaigne le prix
Dessus vostre gloire immortelle,
Yo ! vostre divin Jodelle
Qui vous estoit predestiné,
Io ! le Délien est né !

A ANTOINE RENAUT

DE TAVARZAY

Bien qu'un plus hautain subject
Soit de ton esprit l'object,
Et qu'un argument plus brave
Que cecy te plaise mieux,
Estant tousjours curieux
De la science plus grave,

Si est-ce que ton oreille
Prend bien la douce merveille
Des saincts prestres des neuf sœurs,
Qui d'une coulante grace
Nous alleschent à la trace
Du succre de leurs douceurs.

Et toy-mesme, qui peux bien
Dans le chœur Aönien,
Vivre en la plus belle place,
Voudrois-tu laisser l'honneur
Que jà desjà ton bon heur
T'appreste sus le Parnasse ?

Fuy plustost la loy confuse,
Et vien gouverner la Muse
Qui te rit d'un si bon œil,
Qui te prise, qui t'admire,
Et qui ta sçavante lire
Reçoit d'un si doux accueil !

Donc, amy, ne la deçoy,
Mais heureusement reçoy,
Reçoy la verde couronne
Dont sa liberalité,
Pour ton immortalité,
Ton docte front environne.

Mais qui pourroit mieux descrire
Que toy le plaisant martire
De l'amour delitieux,
Quand quelque gentille dame
Folastrement nous enflame
Par le doux feu de ses yeux ?

Qui pourroit mieux soubs sa voix
Faire sauteler les bois,
Et tirer par les campagnes
Les Faunes et Satireaux,
Mesmes arrester les eaux,
Et rabaisser les moutagnes ?

Tant (miracle esmerveillable)
Par un escrit admirable
D'un sçavant enchantement,
Tu pourrois rendre ravie
La chose qui est sans vie,
De tes beaux vers l'animant.

Je me peux donc bien vanter
Que l'on ne sçauroit chanter
Une louange plus belle,
Ny homme qui mieux que toy
Puisse entretenir la loy
Avec la Muse immortelle.

A LUY-MESME

Heureux ceux-là qui, dans les rets surpris
De l'Archerot, fils de la Citherée,
Peuvent donner par leur plume dorée
A leurs moitiez, des plus belles le prix !

Et qui laissans les larmes et les cris,
Tristes tesmoings d'une ame enamourée,
Des plus beaux traicts de leur dame adorée
Font admirer mille divins escrits !

Ainsi ton cœur atteint d'une pucelle
Qui doucement de sa douceur cruelle
Les plus cruels pourroit mesme dompter,

Desjà te fait (heureux de telle atteinte)
Heureusement par une fureur saincte,
Sus nos François les plus doctes chanter.

A JAN TARON

Onques d'une indiscrete rage
Souillant des autres le renom,
Je ne médis, pour davantage
Esclercir ma gloire et mon nom ;
Et onq d'une plume estrangere
Je ne mendiay les faveurs,
Pour voir d'une aisle trop legere
Voler mes empruntez honneurs.

Onques d'une jalouze envie,
Forgeant moy-mesme mon tourment,
Je n'allay troublant de ma vie
Le repos miserablement.
Celuy qui est de la canaille
De ce vulgaire médisant,
Que malheureusement il aille,
S'il veut, les autres méprisant.

Quant est de moy, si je me donne
Quelquefois, pour passer le temps,
Aux Muses à qui j'abandonne
Mon jeune florissant printemps,
Je ne le fay soubs esperance
D'aller foulant les bons espris,
Qui doctement parmy la France
Espandent leurs nouveaux écris.

Je ne le fay pour apparoistre
Entre-eux un Apollon premier,
Ne me voulant follement paistre
Tousjours d'un si pauvre mestier.
La Muse, quelquefois contente,
La Muse flatte le loisir ;
Mais il n'y faut mettre l'attente,
Ni tout le but de son desir.

Au temps passé la poësie
Richement docte fleurissoit,
Et des plus grands Princes choisie,
Comme sainte les ravissoyt,
Qui d'une grande main ouverte
Empeschoyent bien que leurs sonneurs
Ne fissent vainement la perte
De leurs éternizans labeurs.

Mais où est maintenant le poete,
Où est, je vous pry, l'écrivain,
Tant ait-il la plume parfaite,
Qui n'aille travaillant en vain ?
Il ne peut pas d'une couronne
Se voir guerdonné seulement,
Si luy-mesme ne se la donne,
Servant encor d'esbattement.

Toutesfois, mon Taron, ne pense
Que je plaigne comme perdu
Tout le temps qu'en ceste jouvence
J'ay pour les Muses dépendu.
Certes l'estude n'est pas vaine
Qui se passe si guayëment,
Et qui pour le fruict de sa peine
Cause un si grand contentement.

Il est ainsi, je le confesse,
Que j'ay voulu les vers choisir
Pour obeyr à ma jeunesse,
Qui s'y baignoit d'un doux plaisir,
Esperant bien tousjours que l'aage
Ces mignardises changeroit,
Et que, d'un plus rassis courage,
De ces erreurs m'eslongneroit.

Puissay-je desormais ensuivre,
Mon Taron, un chemin plus seur,
Et comme toy sagement vivre,
Tentant un plus grave labeur !
Puissions-nous, en tranquille vie,
Desormais faire jugement
Des autres, dont la poësie
Nous desennuira doucement !

A JACQUES DE COYTTIER

GENTILHOMME PARISIEN, SEIGNEUR D'AUNAY,

DE L'HONNESTE LIBERTÉ D'UN POETE

Cettuy-là qui dès son enfance
Jà favori du ciel benin,
Contrepoisonne le venin
Du noyr danger de l'ignorance,
Et qui desjà reçeu au bal
Des miguardes Aôniennes,
Toutes de rang, des levres siennes
Les baisant, suce leur coral ;

Tel, vrayement, sus le populaire
Peut bien, devant tous, en tous lieux,
Dresser haut le chef glorieux
Digne d'un verdoyant salaire,
Quand jectant les vices au loing,
Au loing la sottise mondaine,
De la vertu plus souveraine,
Libre, sagement il ha soing.

Il n'éclercist son heritage,
Il n'ipothecque point ses champs
Aux plus pecunieux marchans,
Pour enfler des armes la rage;
Il n'ha jamais le corps vouté
Pour se corrompre en la carriere
D'une course poudreuse et fiere,
Dessus un poulain mal domté.

Le grand dieu du monde liquide
Ne l'ha point fait trembler de peur,
Franchissant d'avare labeur
La vaste mer du Propontide ;
Jamais, pour augmenter son bien,
Il ne vomist sa foy parjure,
Et jamais de caute imposture
De l'autruy n'engresse le sien.

Autheur de mille malefices,
Fraudant le droit et la raison,
Il n'embreuvage la poison
Pour crocheter les benefices ;
Jamais d'une nouvelle loy
Au fard de sa langue faussaire,
Il n'ha seduit le populaire,
Scismatizant en nostre foy.

Corrompu de pâle avarice,
Il n'ha menti dans un parquet,
Troublant, bavard, de son caquet,
Les droits de la saincte police.
Jamais compagnon d'un voleur,
Il n'ha détroussé au passage
Le marchant sujbect au dommage
D'un tel calumnieux malheur.

Au sucre d'une menterie
Il n'alleche les grands seigneurs,
Pipez souvent par les honneurs
Emmiellez de flatterie ;
Alleguant faussement un tort,
Furiant d'horrible vengeance,
A l'humble et chetive innocence
Il ne pourchasse point la mort.

Pensif, triste il ne thesaurise,
Béant pallement après l'or ;
Mais il fait un plus cher tresor
D'un saint renom qui l'eternise.
Jamais d'un profit usurier
Le souffreteux il ne rançonne,
Et jamais de peur ne frissonne
Pour l'interest d'un seul denier.

L'épi gros de noirceur puante,
Foudré d'orageuse vapeur,
Et le cep faussement trompeur
Par gresle ou par gâle bruyante,
N'ont point dans son cueur allumé
Au fiel d'une jaune colère
Top desesperément amère,
Un soing gloutement affamé.

Ains fuyant les sottises vaines
De la vulgaire vanité,
Il suit l'honneste liberté
Amy des choses plus certaines.
Bien luy plaist l'azur d'un ruisseau
Doré d'un sablonneux rivage,
Et le paisible frais ombrage
D'un verd boccageux arbrisseau.

Une gente cointe Nimphette,
Sans unguent, sans musq et sans fard,
D'un naturel friant regard
Luy darde au cueur mainte amourette,
Et dressant un beau lict de fleurs
Au bord d'un pré dans la sansaye,
Avec elle il guarist la playe
De ses aigrelettes douleurs.

Puis bondissant dessus la terre
Aux gais soupirs d'une chanson,
Contre cordante au gentil son
D'au luc, d'un cistre ou de guiterre,
Et rompant ainsi tout rancœur
Contraire aux jeux de la Cyprine,
Il tranche le soing qui mâtine
Les malheureux jusques au cueur.

Prevoir en vain l'autre journée
Ne luy fait rompre son sommeil,
Et jamais d'un triste reveil
Il ne baaille à la matinée.
Tousjours dispost, tousjours joyeux,
Quelques nouveaux plaisirs il tente,
Laissant le futur qui tourmente
Au destin roulant par les cieux.

Quelquefois d'une plume heureuse
Il verse un Nectar doux-coulant,
Qui va doucement affolant
Les sens d'une oreille amoureuse ;
Et pour mieux tromper ses ennuis,
Le chef tout empampré de joye,
Gaillard, il les plonge et les noye
Au fond de ses plus vieux ennuis.

Bien luy plaist il souvent d'écrire
Et d'immortalizer le nom
De ceux là qu'il entonne au son
Bruyant sus sa divine lire ;
Et faut qu'un poete ainsi parfait
Soit favorisé de Nature,
Ou bien autrement qu'il s'asseure
N'estre qu'un singe contrefait.

Car l'homme né durant un Astre
Borgnoyant Phœbus de travers,
Contreint, ne brouille que des vers
Qui sentent l'air d'un poëtastre.
Je meure si ton Tahureau
Est tel et s'il ha de coustume,
Pour gonner les traits de sa plume,
D'aller distillant son cerveau.

DE L'HEUR QUE REÇOIVENT

CEUX QUI MEURENT ENTRE LES BRAS DE

LEUR DAME

Heureux cent fois, vous, dont la vie
Ne doibt jamais estre ravie,
Sans avoir pour dernier secours
Un embrasser de vos amours.

O mort! des morts delicieuse,
O mort, mais plus tost vie heureuse!
Helas! qu'on ne me trouve ainsi
Au sein de ma Dame transi;

Laquelle en l'odeur de son bâme
Auroit recueilly de mon ame,
Avecques la sienne attirant,
Le dernier souspir en mourant!

Ainsi la vierge languissante,
La pauvre Ysabelle pleurante,
En baisant vouloit secourir
Son Zerbin jà prest à mourir;

Alors de ses levres vermeilles,
Suçant les douceurs nompareilles
De sa bouche, par où couloit
L'esprit qui au sien distilloit.

Ainsi Briseïs esperdue,
Sus le froid corps toute estendue
De son Achille, lamentoit,
Que mort encore elle tastoit.

Ainsi l'amoureuse pucelle
Thisbé à soy-mesme cruelle,
Alloit tendrement accollant
Son cher Pyrame tout sanglant.

Pourquoy donques une mort telle
Dict-on estre aux Amants cruelle,
Les nommans ainsi malheureux
D'un poinct dont je serois heureux ?

O que ma vie infortunée
Est contraire à leur destinée !
Car je meurs, helas ! pour n'avoir
De mourir ainsi le pouvoir !

A JACQUES HOYAU,

SEIGNEUR DE BEAU-CHESNE

CONTRE LES FOLS DESIRS DES HOMMES

Amy, le plus grand heur du monde
N'est pas moins inconstant que l'onde,
Qui en vaguant fuit et refuit ;
Le ris de l'aveugle déesse
Souvent en amere tristesse
Ses plus favorisez conduit.

N'est-il donc pas bien miserable
Celuy qui est insatiable
D'amonceler l'or dessus l'or,
Ou qui, soûlant son avarice,
L'engoufre (ô trop estrange vice)
Dedans l'abysme d'un tresor ?

Mal-heureux qui a telle envie,
Ou qui veut consommer sa vie,
Privé de toute liberté ;
Soit qu'esclave il flatte les princes,
Ou que par estranges provinces
De gaigner il soit tourmenté.

Cesse donc chasqu'avare, cesse
De taut embrasser, et delaisse
Toutes ces poignantes douleurs!
Que se peut-il par sa richesse
Apprester, sinon une presse
De brigands, larrons et volleurs ?

Mal-heureux et sot qui veut estre,
Et devant chascun apparoistre
Plein de loüanges et d'honneur,
S'il va travaillant sa pensée,
Par ceste fureur insensée,
Mettant en cela son bon-heur.

Mal-heureux l'homme qui s'amuse
A trop peigner la pauvre Muse,
Laquelle pour contentement
Ne luy laisse en fin qu'une geine
D'ennuys, de maux et d'erreurs pleine,
Dedans la prison de tourment.

Mal-heureux l'homme qui s'allie
Aux fols humains en leur folie,
Voulant pour son estat choisir
. Une telle vie inconstante,
Dont il ne s'ensuyt qu'une rente
D'un infortuné desplaisir.

Laissons, amy, tel soing extresme
N'apportant qu'un visage blesme
A ceux qui en sont curieux ;
Tuons le soucy et la cure
De la chose qui est future,
Secret seul reservé aux dieux.

Sus! du meilleur vin de la cave !
Où est le page, qui nous lave
De ce doux parfum odorant ?
Ça, mignarde que j'idolastre,
Tu t'enfuys, petite follastre,
Et tes pas je suys adorant !

Quoy, amy, ne veux-tu point rire ?
Escoute un peu sonner ma lire,
Doux instrument de mon esmoy !
Je te pry, repren ceste tasse,
Et boy encore un coup, de grace,
A ceste fuyarde et à moy.

Par ce doux moyen on appaise
Le soing rongeard, et le malaise
Charmé, dedans les cœurs s'endort,
Rions! aussi bien la richesse,
L'honneur, la mondaine sagesse,
Ne se sauvent point de la mort !

L'AMOUR CHAMPESTRE

A GUILLAUME BOUCHET, POICTEVIN

Pendant que nostre troupeau
D'un camard baissé museau,
Broute de ceste herbe verte,
Et que nos dogues veillans
Des loups affamez saillans
Rembarrent la gueulle ouverte ;

Allons, mignonnette, un peu,
Allons esteindre le feu
Courant par nostre moëlle ;
Allons moderer l'assaut,
Helas ! du brandon trop chaut
Qui flambe en nostre cervelle !

Ainsi le Berger disoit,
Et tout gaillard attisoit
Les amours de sa mignarde,
Lors que la Nimphette au dict
De ce garçon respondit,
Miguottant sa voix tremblarde :

Allons donques, mon mignon,
Allons, mon doux compagnon,
Et suyvant vostre compagne,
Escartons nos pas tous coys
Dans la fraischeur de ce boys,
Hors de la chaude campagne.

Le Bergeret tout humain
La soubsleve par la main,
Pour se mettre ensemble en voye ;
La garcette en le baisant
D'un bouquet luy fait present,
Lié d'une verte soye.

Elle s'assied dans un fort,
Et le saisissant bien fort
Par un des plis de sa robbe,
Le tire jusques en bas,
Puis, l'enlaçant de ses bras,
Mille baisers luy desrobe.

Le soldat s'avance après,
Et la chargeant de plus près
Il debusque sa brayette,
Et de peur d'estre vaincu,
Il enfonce en son escu
Une poignante sagette.

La garce au fort du debat,
Courageuse se combat,
Et portée à la renverse,
Pour un coup qu'elle reçoit,
L'assaillant s'en apperçoit
Rendre dix à la traverse.

O savoureuse douceur !
O doucereuse saveur !
O viande ambrosienne !
O doux pastoral desir,
Qui va foulant le plaisir
De la bande Elisienne !

Là le trop caut amoureux,
Feignant d'estre langoureux,
De fiel n'emmielle sa langue,
Et là le pauvre trancy
D'un laborieux soucy
N'amadise sa harangue.

Là, le present flamboyant
Dans un anneau blondoyant
D'une pierre precieuse,
La dame ardente ne poingt,
Et l'or n'y affame point
La femme avaricieuse

Là, le contrefait maintien,
Là, le pipeur entretien
D'une paillarde rusée,
Ses plaintes, ses pleurs, ses cris,
Ses missives, ses escrits,
N'ont la jeunesse abusée.

Mais d'une plus saincte amour,
En ce champestre sejour,
On va bien-heurant sa vie,
Et d'un gay chatouillement
Se mignardans librement
Ou s'y baigne sans envie.

Ainsi, mon Bouchet, vivons,
Et telles douceurs suyvons
D'une simplette amoureuse,
Plustost que ces faux regards
Et ces caquets habillards
D'une autre plus cauteleuse.

CONTRE LA JALOUSIE

Cruelle et pasle Jalousie,
De vertu pudique ennemye,
    Des esprits le tourment,
Tu fais que le mary diffame
Sa chaste et innocente femme,
    La traictant rudement.

Tu le rends ores pis que beste
Quand à la compagnie honneste
    Il ferme sa maison ;
Tu fais qu'à sa femme il machine
De quelque drogue, herbe ou racine
    La mortelle poison.

Tu fais que contre la nature
Il ait de congnoistre la cure
    Le secret des haux dieux,
Estant d'une ardeur insensée
De lire dedans sa pensée
    Helas ! trop curieux.

Le chevreul n'a point tant de peine,
Soit qu'il entende par la plaine
    Les approchants aboys,
Ou que le vent qui s'entrelasse
Par les branches vaguer le fasse
    Tout craintif par les boys.

Le chien se troublant au presage
De son aspre et prochaine rage,
      Ne monstre tant d'horreur,
Ou quand d'une langue hideuse
Desgorgeant sa bave escumeuse,
      Il vomist sa fureur.

Veu qu'un tel mal-heureux se plonge
En un soucy qui tousjours ronge
      Son esprit tourmenté,
Soit ou que de doubte envieuse,
Ou que par rage furieuse,
      Son mal soit augmenté.

A tel jaloux rien ne peut plaire
Qu'un rapport au vray tout contraire
      De l'honneur innocent,
Quand à la langue envenimée,
Et trop de mesdire affamée
      Se tromper il consent.

Tous les tourments que l'on endure,
Là bas, en la maison obscure,
      Ne seroyent suffisans
Pour luy donner assez de peines,
Nou les Furies inhumaines
      De leurs fouëts cuisans !

Pour punir son mal-heur extresme,
Il faut que par son mal-heur mesme
      Ce coupable jaloux,
D'une mordante jalousie
Se bourelle la fantasie,
      S'enjalousant de tous.

A GILLES L'HUYLLIER

SEIGNEUR D'URCYNES

Plustost le chariot que guide
La nuict, d'estoilles sera vuide,
Et plustost le Soleil qui luit,
Au lieu de donner sa lumiere
De nous esclairer coustumiere,
Amenera l'obscure nuict ;

Et la Mer pleine d'amertume
On verra, contre sa coustume,
Plustost nous adoucir son eau ;
L'ame aussi de long temps ravie
R'entrer au corps pour donner vie
Au mort sortant de son tombeau ;

Que les plumes des vrays Poëtes
En leurs ouvrages soyent muettes,
Ou que celuy dont le renom
Par leurs escrits s'immortalise,
Des plus vertueux ne se lise,
Prisé d'un pardurable nom.

Et bien que peu ma Muse tendre
Par la France encor fasse entendre
Le bruit du luc harmonieux,
Et qu'elle ne cerche la trace,
Ny desrobe l'antique grace
Des Grecs et Latins, nos ayeux ;

Si osay-je bien te promettre
Que l'ardeur qui sort de mon mettre
Pourra bien enflammer le cœur
De ceux desquels la fantasie
S'eschauffe de la poësie
Bruslante en si douce douceur.

Le feu donques que je t'allume
Avecques le bout de ma plume
Ne s'amortira desormais;
Ains de mainte vifve estincelle
Entrant dans ta gloire immortelle
La fera luyre à tout jamais.

Tous autres monuments avares
Chargez d'or et de pierres rares
Ne te peuvent donner rien tel;
Seulement la docte escriture,
Le tableau de vive peinture,
Peut garder ton nom immortel.

Je l'ay dict et diray encore,
Que jamais ma langue ne dore
Ceux là qui veulent achepter
Par larges dons leur renommée,
Gaignans une plume animée
A leurs fausses vertus flatter.

Mais bien je vante la doctrine
Et toute la troupe divine
Qui prise la divinité,
Comme ta sçavante jeunesse,
Qui jà meure par la sagesse
S'engrave en l'immortalité.

A C. DE GENNES

SON FIDELLE AMY

Onques l'Agamemnonien
Avec son cœur Piladien
N'eut amitié tant asseurée,
Comme est l'inviolable foy
Qui m'entrelasse avecques toy,
D'amour divinement jurée.

Je suis seur que si la Scithie
Eust congneu la moindre partie
De ce plus que divin effect,
Qui pour nous mieux unir ensemble
Les esprits de nous-mesmes emble,
Des deux n'en faisant qu'un parfaict,

Si elle eust congneu les hazards
Où l'un pour l'autre, en mille parts
Nous avons prodigué la vie,
Et si elle eust sçeu que l'un mort
L'autre, encourant un mesme sort,
De vivre n'aura plus envie,

Soudain, soudain d'un contreschange
Elle eust oublié la loüange
De leurs Dieux amis honnorez,
Et laissans Pilade et Oreste,
De maint vœu trop plus manifeste,
Devote el' nous eust adorez.

Dequoy servent les deux metaux,
Autheurs de mille et mille maux,

Peste de tout l'humain lignage,
Des lois de Platon ennemis,
Si l'homme despourveu d'amis
Seut la Timonienne rage ?

Dequoy sert une antique race,
Dequoy un gouffre qui embrasse
Mille tresors delicieux,
Si ne voulant à aucun plaire
Presqu'à soy-mesme on veut desplaire,
Haineusement ambitieux ?

O que celuy sent de douceur
Qui faict preuve d'un amy seur !
O allegeance nompareille !
Soit qu'aux souspirs de ses regrets,
Ou qu'en descouvrant ses secrets,
Se deschargeant il se conseille.

J'en fay certaine experience
Sus nostre immortelle alliance,
Et au parfait de ton esprit,
Dont je dirois le los extresme,
S'on ne disoit que pour moy-mesme
(Tant ne sommes qu'un) j'eusse escrit !

CONTRE UN PERNICIEUX

DETRACTEUR, HOMME MESCHANT ET ABANDONNÉ

A TOUT VICE

Puissay-je d'un ardent courage
Enflammer contre toy la rage,

Qui d'Archiloq'arma la voix,
Par la fureur de son ïambe,
Contre le mal-heureux Licambe,
Faussant de promesse les loix !

Ma plume tousjours nette et pure,
Craingnant d'emporter quelque ordure
De ton infame deshonueur,
Ne s'estoit encor imprimée
Au venin de ta renommée,
Qui monstre envers tous son horreur ;

Mais la grandeur de ton blaspheme
Est si horriblement extresme,
Que je n'ay peu aucunement
Appaiser ceste tragedie,
Dont l'audace brave et hardie
Gennera ton cœur de tourment.

Ton cœur desgorge en tant de places
Le fiel haineux de ses fallaces,
Dont il veut chascun offenser ;
Ta vie est tant de crimes pleine,
Qu'en la voulant blasmer à peine
J'en peux les moindres recenser ;

Bien devoit estre ta naissance
Soubs la monstrueuse puissance
D'un astre à mal-heur destiné,
Et bien des hauts dieux la colere
Devoit aux humains estre amere,
Quand tu fus sus la terre né.

Onques tu n'eus au cœur emprainte
Des Chrestiens la fidelle crainte ;

Mesprisant le pouvoir des dieux,
De douceur et de pitié vuide
Tousjours une rage te guide
A faire un acte furieux.

Si les infames Sodomites
Ont senty par leurs demerites
Un foudre horriblement bruslant,
Pourquoy la mesme violence
Ne prend ores sus toy vengeance,
Ton corps malheureux accablant?

Celuy qui au sang de son pere
Soüilla (ô cruel vitupere)
D'une ardeur hideuse ses mains,
N'avoit encores sa pensée,
Tant comme la tienne insensée,
En horreur de faicts inhumains.

La grave fureur Atrienne
N'esgalle encores point la tienne,
Veu que sans te voir offensé,
Aux plus prochains de ton lignage
Tu fais, par un cruel outrage,
Saigner ton despit insensé.

Les chiennes aux crins de couleuvres,
Tousjours furient en tes œuvres,
Qui d'un venin brulant d'horreur
Jusqu'au fond de tes noires veines,
Attizent leurs cuisantes peines,
Pour faire bouillir ta fureur.

Tout ce que ton esprit desire,
C'est de voir quelqu'un en martire,

Ayant le plus de ton plaisir,
Lors que ta langue renouvelle
Par quelque invention cruelle
A l'innocent un déplaisir.

Ceux auxquels ton masqué visage
Encore n'ha monstré la rage
Qui s'empoisonne dans ton cueur,
N'ont point si tost fait alliance
Avecques toy, que ta méchance
Ne leur brasse un nouveau malheur.

Par tous les quatre coings du monde
Je corneray ta vie immonde,
Afin que chacun, par mes chants,
S'efforce d'eviter la race,
Et la trop detestable audace
Du plus insigne des méchants.

Dieu haut-tonnant où est ton foudre,
Pour froisser tous ses os en poudre ?
O tous les elements divers,
Comment laissez-vous telle peste,
Qui tout l'air de la France empeste,
S'épandre encor en l'univers ?

Attendez-vous qu'une Furie,
Prenant sus luy sa seigneurie,
Le fasse estrangler d'un cordeau ?
Ou qu'après maint blaspheme horrible,
Il se plonge d'un saut terrible
Du haut d'un rocher dedans l'eau ?

Attendez-vous que de luy-mesme,
Punissant son malheur extresme,

Il creve enyvré de poison ?
Attendez-vous que son offense
Esprouve plus griefve vengeance
Au fond de la noyre maison ?

Je prevoy que ta main cruelle,
Méchant, encontre toy bourelle,
De tes maux te guerdonnera,
On de bref sur toy la justice,
Voyant ton execrable vice,
Dun nouveau tourment usera !

A JACQUES DE SAINCT FRANÇOYS

GENTILHOMME DU MEINE, SEIGNEUR DE L'AUNAY

Onques je n'égalay d'une menteuse bouche
Au plus grand elephant la plus petite mousche :
Je n'ay point dit un More autant que neige blanc,
Ne l'ignare debvoir tenir le premier ranc.
      Je n'ay depeint aussi
      Dedans un cueur transi,
      Lâche tremblant de crainte,
      Une vaillance emprainte.

Amitiez, dons, richesse, honneurs, friande table
Ne m'out rendu jamais autre que veritable ;
Aussi ne veux-je point estre chiche d'honneur
A l'homme vertueux, digne d'un si bon heur,
      Fust-il du plus bas lieu
      Si est-il demy Dieu ;
      Et tout pauvre, il est digne
      D'une gloire divine.

Mais dequoy sert monstrer un millier d'anticailles
De ses predecesseurs, jà pourris ès entrailles
De nostre mere grand, si l'on est devestu
Du plus brave ornement, de la noble vertu ?

> Mais dequoy sert vanter
> Ses terres, et donter
> Le monde, sans police,
> Fait esclave du vice ?

Mais que sert au meschant depuis le premier age
Par testes dechifrer le sang de son lignage,
Et deguiser le mal soubz pretexte de bien,
Sinon envers ceux-la qui font un tout de rien ?

> Il vaut trop mieux de peu
> Content, se voir pourveu
> Du tresor de sagesse,
> La perle de noblesse.

Heureux les sots humains, si de leurs braveries
Le vent ne se jouoit, et si leurs vanteries,
Dont ils veulent mouter jusqu'au ciel du soleil,
Ne s'évanouyssoyent aussi tost qu'un tour d'œil.

> Qui ne sçait que la mort,
> De son aveugle effort,
> A fait pareille cendre
> De Codre et d'Alexandre ?

Contre elle seulement peut élever la teste
Cil qui peut rabaisser des vices la tempeste ;
Celuy qui sagement peut soy-mesme donter,
Cettuy-la seul pourra sa darde surmonter ;

> Meritant qu'un sonneur
> L'orne d'un tel honneur,
> Que du long temps la rouille
> Par cent mille ans ne souille.

Vrayment tu es heureux d'estre tel, et encore
D'avoir un tel amy qui tes vertus honore,
Et bien-heureux aussi de n'avoir escarté
Onques d'autour de toy l'honneste liberté,
   Et d'aimer noblement
   Ceux-là, dont sagement
   Tu fais preuve certaine
   D'une amytié non vaine.

Pernicieuse loy qui rompis le lien
De parfaite amytié par un mien et un tien,
Loy miserablement à tous pernicieuse,
Loy sur toutes les loix du bon heur envieuse ;
   Si ne rompras-tu point
   Le beau neu qui nous joinct,
   Maugré toy, importune,
   D'une amitié commune !

Tandis qu'un souvenir de moy me retiendra,
Tousjoursamy de toy, toujours me souviendra !
Me baisse la Fortune, ou bien me favorise,
Si ne seray-je qu'un en nostre foy promise ;
   T'ayant devant mes yeux
   Pour cil que j'aime mieux,
   Ou pour le moins de mesme
   Que je m'ayme moy-mesme!

A HIEROSME DE LA VAYRIE

GENTILHOMME DU MEINE, SEIGNEUR DE LA VAUDELLE

Si onques je chantay d'un écrit veritable
Les hommes dicy bas ornez de tout bon heur,
Vien, Caliope, vien me prester ta faveur,
M'inspirant de ta voix le chant tres delectable.

C'est ores qu'il me faut de ton son plus aimable
Chanter et de toy-mesme et de tes sœurs l'honneur,
Ton Vayrie, qui peut de sa docte douceur
Sus les poetes Latins se monstrer admirable,

Qui de cent et cent mille autres vertus comblé
N'ha jamais peu souffrir voir son esprit troublé
De ces grosses erreurs que l'ignorant admire.

Bien heureux donq, livret, heureux si quelquefois
Dedans ses doctes mains arriver tu pouvois,
Et qu'il te fist l'honneur seulement de te lire.

A SALEL TRESPASSÉ

SUS SES 11 ET 12 DE L'ILIADE D'HOMERE, MIS EN LUMIERE APRÈS SA MORT

Je ne sçauroy vrayement, mon Salel, sus ta cendre,
Vrayment je ne sçauroy, pallement langoureux,
M'éclatant en hauts cris, et regrets douloureux,
Tout en larmes fondant, un deluge y répandre.

Je ne sçauroy d'un vers pitoyablement tendre
Surnommer à grand tort ton destin malheureux,
Quand si heureusement, après ta mort heureux,
Toy mesme de la mort tout vif te viens defendre.

Cettuy-là soit pleuré qui en mesme moment,
De la mortelle mort navré mortellement,
Perd avecques ses biens, ses faveurs et sa gloire :

Mais toy, qui sans mourir seras tousjours vivant,
Te doibs-je plaindre ? Non ! car d'un los revivant
Ton Homere ha gaigné sus ta mort la victoire.

DE JANETTE TRES BELLE FILLE

ET RUSÉE PAILLARDE

Petite Janette,
Lascive garcette,
De jour et de nuict,
Comme sa maistresse,
Son cueur, sa deesse,
Un chacun te suit.

A l'un fais accroire
Qu'en luy est ta gloire,
Qu'il est tout ton cueur :
Bref tu le dis estre
Ton Dieu, ton seul maistre,
Et de toy vainqueur ;

Et l'autre, dont l'âme
En t'amour s'enflâme,
De tes yeux surpris ;
Pour nourrir sa rage
Tu pais son courage
D'un traistre sousris.

Mais dans ta pensée
Du gaing insensée,
Regne un fiel de chien ;
Et le plus grand vice
Pour ton avarice
Ne te semble rien.

Tu tires sans cesse
Toute la jeunesse,
Et de jour en jour
T'offre un chascun nice
Son nouveau service
D'un successif tour.

Ta friande mine
Semble taut divine
En ses doux apas,
Qu'après ta menace
Les premiers en grace
Chasser ne peut pas.

La mere est craintive
Que son fils ne suive
Tes amoureux dards ;
Tu es la complainte
Et toute la crainte
Des chiches vieillards.

Une peur jalouze
Prend la jeune espouse,
Qui d'un cueur marry,
Craint que tu n'abuses,
Par tes fines ruses,
Son nouveau mary.

A NERÉE

Tu crains, Nérée, en ta vieillesse
De n'avoir plus chez toy la presse
De ces blondelets damoyseaux,
De ces folâtres jouvenceaux
Qui te font maintenant hommage,
Heureux de vivre en ton servage!
Mais sçais-tu comment tu feras,
Et jamais tu ne vieilliras ?
Gagne à la sueur de ton corps
D'eux ce pendant force tresors,
Pour en faire à d'autres largesse
Qui rajeuniront ta vieillesse.

D'ELLE-MESME

Ne t'ébahis plus si Nerée
Vend si cher maintenant l'amour :
Elle veut avoir, la rusée,
Dequoy l'achepter à son tour.

A UN AMOUREUX IMPORTUN

Tu te plains, pauvre homme transi,
D'une dame qui n'ha mercy
De te voir pour elle en tourment
Genné si rigoureusement ;
Mais toy, quand tu luy fais caresse,
Qui la mects en telle détresse

Et la fais ahanner de sorte
Qu'elle voudroit presque estre morte,
Si tu luy portes amitié
Aye plustot d'elle pitié.

A UN ROUSSEAU

Tu te vantes bien aymé,
Tu te vantes estimé
Des dames et damoiselles,
Et des plus belles pucelles ;
Aussi, vrayment, tu es beau,
Et un fort mignard rousseau,
Et sçais bien entre-elles dire
Mille petits mots pour rire ;
Tu sçais de mille presens
D'or et d'anneaux reluisans,
Les eventant à la trace,
Acquerir leur bonne grace ;
Puis tu as encore un point
(Mais il ne se nomme point)
Qui chatouille davantage
De ces dames le courage.
Bien donq, puisque tu le veux,
Que je te confesse heureux
A faire aux dames caresse,
Vrayment je te le confesse ;
Mais que tu sache autre bien,
Je n'en confesseray rien.

A LUY-MESME

Tu t'estimes, brave rousseau,
Assez gentil et assez beau
Pour aux plus belles dames plaire,
Et sans avoir en rien affaire,
Comme un tas de petits muguets,
De porter au sein des bouquets,
Ni de te frotter de civette
Tant ta charnure blanche et nette,
Sans tout cela, sçait animer
Les belles dames à t'aymer ?
Il est tout vray, tu n'as que faire
D'autres parfums pour les artraire,
Ni pour en estre mieux aymé,
Veu que tu es tout parfumé.

DE DENYS

Denys le sot, qui se marie,
Se vante riche, aymable et coint.
Je le croy, car la pierrerie
De son nez ne le dement point.

DE LUY-MESME

On dit qu'à la forme du nez
On congnoist ceux qui sont armez
Le mieux, de cette grande tente
Qui les bonnes dames contente.

Vrayment la reigle est mal certaine.
Denys qui ha une douzaine
De nez flamboyans richement,
N'en ha pas un doigt seulement.

A QUELQUES UNES QUI AVOYENT

MEDIT DE LUY MESME

Je suis content d'estre noté
Par vostre babillard langage ;
Mais croyez que de mon costé
Je vous marqueray davantage.

A ELLES-MESMES

Voulez-vous qu'on parle de vous ?
Soyez tousjours ainsi bavardes ;
Je vous feray donner de tous
Le nom d'immortelles paillardes.

DE DENISE

Cette bonne dame Denise
Dit par serment qu'elle ne prise
Homme s'il n'a de la beauté,
Compagne de l'honnesteté ;
Mais qu'après le plus laid y vienne
Pour se mettre en la grace sienne,
Et qu'il luy garnisse la main,
Denise dira tout soudain

(Et fust-il plus qu'un ladre infait,
Borgne, bossu, tout contrefait,
Et de tous points un bon gros veau):
«Mon Dieu, que ce jeune homme est beau !
Mais, je vous pry ! la bonne grace
Qu'il ha de gestes et de face ! »
Qu'il y vienne un vieillard baveux,
Palle, ridé, tousseux, morveux,
Mais qu'il soit quelque peu paillard :
«Mon Dieu, quel brusq et beau vieillard !»
Qu'il y vienne un palefrenier,
Un gras souillard, un cuisinier ;
Mais qu'ils en ayent tous autant,
Pour mieux luy fournir au contant.
O comment Denise dira
Que de leur gresse ce sera
Du musq, du parfum et du bâme !
O combien cette bonne dame
De ces valets dira de bien!
Comment ! ce ne sera plus rien
De leurs maistres, ni des seigneurs
Auprès de ces beaux serviteurs.
Ainsi Denise ne réprouve
Personne, et si jamais ne trouve
(Tant la bonne dame est honneste)
Homme ny laid, ni deshonneste.

CONTRE L'ENVIEUX

Si tu dis, envieux, qu'on pourroit mieux écrire,
Pour cela suis-je donq indigne de pardon ?
Et si plusieurs aussi font, et toy-mesme, pire,
Pourquoy veux-tu, chetif, dérober de mon nom ?

A QUELQUE AMOUREUX RECOMPENSÉ

DE SES SERVICES

Tu t'es vanté ne perdre rien,
Employant le service tien
Et le meilleur de ta jeunesse,
Pour entretenir la deesse
Qui t'ha son esclave rendu ;
Aussi n'y as-tu rien perdu.

A UN POETE PRESUMPTUEUX

Tu mets des écris en avant
Pour étonner le plus sçavant ;
Tes vers sont enflez de merveilles,
Et de gravitez nompareilles ;
Tu as mille beaux et grans mots...
Mais tu ne dis rien à propos.

A UNE DAMOYSELLE

QUI BRUSLA LES AMOURS DE J. A. DE BAIF

POUR LE SONNET O DOUX PLAISIR, ETC.(1)

Bien que tu sois, damoiselle,
De bonne grace et fort belle,

---

(1) Voici le sonnet à cause duquel fut brûlé le
livre en question. Il se trouve fol. 44 verso des

Neantmoins ta cruauté
Surpasse bien ta beauté.
Mais, di moy, mais quelle rage
Troubla ton mignard courage,
Mais, di moy, quelle fureur
Vint enfieller ta douceur,
Quand, lisant l'amour divine
De Baïf et de Méline,
Quand lisant le doux plaisir,
Qui les vient tous deux saisir
En la meslée amoureuse
De leur flâme doucereuse,
Mais quelle fureur, helas !
Te surprit, quand tu bruslas
Dans les flâmes devorantes

Amours de J. A. de Baïf. Paris, pour Lucas Breyer 1572, in-8° :

O doux plaisir plein de doux pensement,
Quand la douceur de la douce meslée
Estreint et joint l'âme en l'âme meslée,
Le corps au corps d'un mol embrassement.

O douce vie ! ô doux trespassement !
Mon âme alors de grand'joye troublée
De moy dans toy cherche d'aller d'emblée
Puis haut, puis bas s'escoulant doucement.

Quand nous ardants, Meline, d'amour forte,
Moy d'estre en toy, toy d'en toy tout me prendre,
Par cela mien qui dans toy entre plus,

Tu la reçois me laissant masse morte :
Puis vient ta bouche en ma bouche la rendre
Me ranimant tous mes membres perclus.

Ces Amours tant innocentes,
Ces Amours qui seulement
Parlent si doucettement
De la douçaigrette flâme
Qui les jeunes cueurs enflâme ?
Comment ? y avois-tu leu,
Pour les mettre ainsi au feu,
Quelque parole heretique
De la secte Lutherique ?
Hé dieux ! ell' ne sentent rien
Rien moins qu'un Lutherien.
Y avois-tu leu, cruelle,
Quelque invention nouvelle
De feindre une trahyson,
De brasser une poison ?
D'user d'horrible vengeance
Contre la simple innocence ?
De souiller ses fieres mains
Au sang des chetifs humains,
Ou quelque fait execrable
D'autre vice abominable ?
Hé dieux ! il n'y ha rien moins
Et t'en appelle à tesmoins
Les baisers de sa Méline,
De sa Méline beline,
Qui si tendrement mignards,
Si mollement fretillards,
Cent mille doux feux attisent
Aux amoureux qui les lisent.
Comment donq les as-tu peu
Jetter ainsi dans le feu ?
Pensoys-tu bien cette flâme
Qui mesme la flâme enflâme,
Pensoys-tu ce feu d'aimer
Par autre feu consumer ?

Ce n'est pas ainsi, pauvrette,
Pauvre simple femmelette,
Qu'on se venge du brandon
Que nous darde Cupidon.
Ce n'est ainsi qu'on repousse
La chatouillante secousse
Dont cet enfant nous abat
Dessoubs l'amoureux combat.
Ne crains-tu point, damoiselle,
Que de sa fleche cruelle
Il ne te blesse à la mort,
Pour luy avoir fait ce tort,
Quand blasphemant sa puissance,
Et sa divine excellance,
Tu as au feu consumé
Son poëte plus aimé ?

AUX MUSES LES CONVIANT

EN SON PAYS DU MAINE

Venez, mes folâtres Deesses,
Venez, mes petites maistresses,
Laissez, belles, pour quelque temps,
Vos trop vulgaires passetemps,
Venez donq œillader, de grace,
Eu ma terre un autre Parnasse,
L'escart des ruisseaux et deserts,
L'abry des antres bas-ouverts.
Mignardes, prendrez-vous la peine
De venir voir en nostre Meine
Dix mille et dix mille autres lieux,
Qui plairont trop plus à vos yeux,

Que vos terres de Béotide,
Ou le double orgueil de Phocide?
Je ne veux pas vous inviter
Pour venir icy visiter
Les parements des frontispices
Des plus superbes edifices :
Je sçay bien, Muses, je sçay bien
Que cela ne vous plaist en rien ;
Mais je me vante, mes pucelles,
Encontre les chaleurs cruelles
D'un Zephire refraichissant,
Mollement dans le sein glissant,
Et par maint beau canton rustique
D'un air flatté de la musique,
Que font jà les chants doucelets
Des plus mignardins oiselets :
De plaisantes tapisseries
Par maintes mollettes prairies,
De mille ruisselets tremblards
Dont les rivages petillards
Vont donnant le frais aux Deesses
Qui vaguent aux forests espesses :
Mesmes s'il vous plaist quelquefois,
A la Diane par ces boys
Avoir le plaisir de la chasse,
Soit avec le ret qui enlasse
Dedans ses cordelez liens,
Ou bien à la course des chiens,
Vous trouverez mille Nymphettes
Qui l'arc au poing, et les sagettes,
Les crins espars dessus le front,
Partout vous accompagneront.
Ça donc, mes follastres deesses,
Ça donc, mes petites maistresses,
Troussez plus menu vostre pas,

Je vous appreste mille esbats,
Mille plaisirs et mille dances,
En mille diverses plaisances.
O quel brave troupeau sçavant
Je voy desjà marcher avant
Pour faire un recueil honnorable
A vostre bande venerable !
Voyez le Comte d' Alsinois,
Tronchay, Clement, de Sainct-François,
Au bord de ce prochain rivage
Vous bienviener d'un humble hommage.
Voyez, voyez d'autre costé
Vostre plus grand mignon Gatté,
Qui gaste en vostre erreur si douce
Les divins accords de son pouce :
Voyez, mignardes, quel honneur
Ils font tous à vostre grandeur !
Voyez donc quelle reverence
Ils portent à vostre excellence !
Voyez Trouillart, voyez Neveu,
Et Taron qui dressent un vœu,
Un vœu, duquel d'aage en autre aage
Nos neveux feront tesmoignage,
Et qui vrayement vous ravira
De son divin qui rebruyra.
Vrayment si docte compagnie
Merite bien qu'on ne luy nie
Les secrets plus delicieux
Enfermez dans le sein des dieux.
Voyez ce beau lict de fleurettes,
Voyez ces courtines proprettes,
Qu'avec la Vayrie et Hoyau,
Mon frere vostre Tahureau
A part vous dresse, dans l'ombrage
De ce fueillu sonnant bocage :

Là, quelque peu pour mieux chanter,
Passant, vous irez alenter
Au frais de ceste eau murmurante
Vostre poitrine souspirante :
Ce pendant de maint instrument
Accordant aux voix doucement,
Bordans d'un rond ceste fontaine
Nous charmerons la douce peine
Qu'avez prise pour venir voir
Le plaisir de ce beau manoir :
Beau manoir, lequel je me vante
Arroser de vostre eau sçavante
Pour luy faire porter le fruict
Tesmoing d'un si heureux desduit.
Par vous, mes follastres Deesses,
Par vous, mes follastres maistresses,
Me desrobant dedans les boys,
Jusqu'à l'esgal du Vandomoys,
Aux doux fredons de ma guiterre
Je feray parler de ma terre,
Où desormais maint estranger
Par vous se voudra bien ranger.
Comment, mes follastres deesses,
Comment, mes petites maistresses,
Vostre Parnasse est-il plus beau ?
Avez-vous bien un tel ruisseau ?
Le ruisseau Chevalin qui baigne
Vostre Béotide montaigne,
D'un roule argentin esclarcy,
Est-il plus beau que cestuy-cy ?
Avez-vous si belles fontaines ?
Avez-vous bien de telles plaines ?
Le chastel rustiquement creux
De vostre Corice pierreux,
Vous peut-il plaire davantage

Que cest autre moussu sauvage ?
Mais il est ores, il est temps
De prendre un autre passe-temps :
Ça, ça, mignardes, à la dance,
Suyvons main à main la cadance
De ce luc accordant au son
De l'harmonieuse chanson,
Dont l'immortelle Caliope
Ravist desjà toute la trope.
Vrayement je ne sçauroy celer,
En vous voyant, l'estinceler
De vos œillades flamboyantes,
Et moins les ondettes plòyantes
De ce blanc crespe voletant
Espars sus vostre corps flottant :
Lors qu'une roüante halenée
De vent là dedans entonnée
Descouvre par fois à nos yeux
Un sein qui flatteroit les Dieux,
Tairay-je bien l'entrelaçeure
De ceste belle cheveleure,
Qui de mille tortis dorez
Si gayement entr'esgarez
Enserre dans ses cordelettes
Le plus doux de nos amourettes ?
Vous n'avez rien que de parfait
Avecques vous, soit de l'attrait
Qui peut de beautez doucereuses
Darder les flammes amoureuses,
Soit d'une sçavante grandeur,
Nous la trouvons en vostre cœur.
Ça donc, mes follatres deesses,
Ça donc, mes petites maistresses,
Iuspirez quelque chant nouveau
A vostre juré Tahureau,

Dont à l'advenir il flechisse,
Dont plus heureux il amolisse
De sa maistresse les rigueurs,
Qui d'un orage de langueurs,
Fiere sans cesse, luy tempeste
Le cœur, les poumons et la teste :
Ce n'est pas moy qui blasphemant,
Ira contre vous animant
Un vers envenimé d'audace,
Pour fouler vostre saincte race,
Ne qui comblera de malheurs
Les prestres saincts de vos honneurs :
Mais qui d'une chanson plus digne
Dira vostre grandeur divine,
Et qui d'un escrit douccreux
Dira de combien est heureux
Qui peut esprouver la largesse
De nostre immortelle richesse :
Ainsi m'enseignant en vos arts,
Maugré ces indoctes langards,
Ainsi, mes follastres deesses,
Ainsi, mes petites maistresses,
A jamais puissiez-vous icy
Demeurer vuides de soucy.

FIN.

ORAISON

DE
JAQUES TAHUREAU
AU ROY

DE LA GRANDEUR DE SON REGNE
ET DE L'EXCELLANCE DE LA
LANGUE FRANÇOYSE

PLUS QUELQUES VERS DU MESME AUTHEUR
DEDIEZ A MADAME MARGUERITE

A PARIS

Chez la veufve Maurice de Laporte,
au clos Bruneau, à l'enseigne
Sainct Claude

—

1555

avec Privilege.

EXTRAIT DU PRIVILEGE

———

Par privilege donné à Paris le trentiesme d'apvril mil cinq cens cinquante cinq, signé Aubery, il est permis à Catherine l'Heritier, veuve de feu Maurice de La Porte, libraire, d'imprimer ou faire imprimer un petit livre intitulé Oraison de Jaques Tahureau au Roy : *De la grandeur de son regne et de l'excellance de la langue Françoise. Avec inhibitions et deffenses à tous autres de non imprimer ledit livre jusques au terme de quatre ans consécutifs finiz et accomplis, sur pcine de confiscation des livres et d'amende arbitraire.*

A MADAME MARGUERITE

Madame, je ne me proposay jamais autre
plus heureuse fin, travaillant en la langue
Françoyse, que de pouvoir faire chose qui vous
fust agreable ; mais si tel desir a tousjours
esté la principale cause qui m'a incité jusques
icy de prendre quelque peine d'écrire, vous
me l'avez bien d'avantage augmenté depuys
qu'il vous pleut me faire tant d'honneur que
de voir d'un bon œil ce peu et presque rien
que je vous presentay de mes écris, au regard
de vos louables et uniques vertuz, qui deman-
deroient je ne diray point un Homere ny
un Virgile, ny autre tant soit-il excellent de
nostre aage, mais une divinité pareille à la
vostre (si autre que vous la pouvoit recevoir)
pour vous orner dignement des honneurs et

louanges que vous meritez. Toutesfois, madame, je fauldray encores pour ce coup en
vostre endroit, m'asseurant que vous ne sup-
pleerez pas moins pour ceste seconde fois à
mon deffaut que vous fistes à la premiere, et
que par vostre moyen (au moins s'il plaist à
vostre honnesteté me juger digne de si grande
faveur) le Roy verra ceste petite Oraison que
je luy adresse, non point de moindre cueur
que je desirerois aussi bien employer ma vie
pour son service que ma plume. Madame, je
me suis encores hazardé de vous envoyer
quelques continuations que j'ay faites de mes
Muses, à celle fin que je puisse connoistre si
le stille et le sujet dont je les ay composées
vous seront agreables, pour en parfaire un
œuvre entier et le laisser quelquefois aller
parmy la France, à la faveur de vostre nom
que je revere et revereray tandis que j'honno-
reray la vertu, et que j'auray connoissance
des choses excellentes et dignes d'admiration.
Du Mans ce XV d'Apvril 1555.

Celuy qui en toute reverance, baise les
mains de vostre grandeur.

ORAISON DE JAQUES TAHUREAU

AU ROY

DE LA GRANDEUR DE SON REGNE ET DE

L'EXCELLANCE DE LA LANGUE FRANÇOISE

Il ne faut point douter, Sire, que selon le changement des regnes, la souveraine prevoyance de là haut n'ordonne ça bas d'un gouverneur pour les guider ainsi que la condition du temps heureuse ou malheureuse le demande. Or celuy, Sire, sera bien peu voyant et aura l'esprit plombé d'une étrange sorte, qui ne connoistra bien fort aisement comme, grace aux Dieux favorables, nous sommes en un siecle tant heureux qu'il est impossible de plus, et faut croyre, s'il y devoit arriver du changement, que ce seroit bien du pire; car

d'estre meilleur ne plus excellent il ne se
pourroit faire, tant la Nature et les Cieux se
sont efforcez de monstrer en sa grandeur le
plus de leur puissance. S'il est donques ainsi
que nous soyons au regne le plus heureux qui
arriva jamais, qui seroit celuy tant brutal et
depourveu de tout jugement raisonnable, qui
voudroit nier que pareillement la divine bonté
ne nous ayt pourveu, pour Soleil d'un tant
heureux siecle, d'un Roy le plus grand et le
plus heureux qui regna jamais sur la terre?
C'est vous, Sire, et n'en doutent certes pas
mesme vos ennemys; c'est vous, qui estes
destiné comme le plus heureux de vostre age,
le premier des Roys, à voir vostre regne le plus
heureux des regnes, vostre puissance la plus
heureuse des puissances et vostre peuple le
plus heureux des peuples. C'est vous, Sire, qui
verrez vos entreprises appuyées de tout droit
equitable et bravement soutenues des plus
vaillans hommes du monde, prosperer en toutes
heureuses fins. C'est vous, Sire, qui verrez,
mais qui voyez desjà vostre siecle fleurir en
bonnes lettres, s'immortalizer en doctes écris,
se façonner en vertueux exercices, se reveiller
aux plus divines inventions, se polir en toutes
civilitez recommandables, et bref en toutes
louables vertus lever la teste, et principalement
en vostre France, sus tous les autres siecles qui
l'ont jamais devancé. Un chacun desjà connoist
combien le tres chrestien HENRY en temps de
guerre et de paix, et par actes vaillantz et par
humaines polices surpasse tous les Roys qui

ont jamais esté devant luy. Qui ne sçait les
braves et vertueux effortz dont il ha dès sa
jeunesse surmonté les plus fines et vieilles
ruses de l'Empereur, l'un des plus cauteleux
et vaillants des Cœsars, qui entreprenoit desjà,
s'il ne luy eust coupé le chemin, se faire
craindre et presque reconnoistre seul prince
de tout le monde ? Qui ne sçait l'amiable et
plus qu'honneste traitement qu'il faict à ceux
mesmes desquels il pourroit par droit de guerre
et sans blesser sa plus humaine bonté faire
tous passer au fil de l'espée ? Qui ne sçait que
luy-mesme se hazardant comme l'un des ses
gens-darmes aux plus horribles dangers et
n'ayant d'autre fort devant luy, pour faire
teste à son ennemy que sa vaillance et sa
vertu, il mesprise sa vie pour soustenir son
droit, maintenir sa grandeur et redoubler la
gloire de sa nation Françoise ? Qui ne sçait les
victoires qu'il a desjà gaingnées et gaingne
encores tous les jours contre tous ceux qui
veulent en vain et trop follement entreprendre
ou de l'assaillir ou de resister aux merveil-
leuses forces de sa puissance ? L'Allemaigne,
l'Italie, la Lorraine, la Picardie, que di-je ?
mais toutes les Nations du monde peuvent
porter temoignage ou de la douceur de nostre
Roy ou de sa vaillance. Qui pourroit voir acte
plus digne d'un Roy que d'estre tousjours prest
non seulement de soustenir les siens, mais de
prester la main aux peuples qui sont matinez
des excès de quelque tiran ambitieux ou
villainement reduits de leur douce, legitime et

antique liberté, au joug d'une rigoureuse,
bastarde et nouvelle servitude? Laissons les
estrangers, et venons aux louables et divines
polices dont il regist les siens de telle façon
que le peuple François tout d'une voix loue
et beneist l'heureuse journée, l'heure et le
moment qu'il nasquit sus la terre destiné pour
estre son Prince. Qu'estoit-ce au temps passé?
Quelle horreur, quelle tyrannie que de voir le
peuple François plus foulé des siens mesmes,
que de ses plus mortelz ennemys? Veoir ce
pauvre laboureur qui devoit en seureté manger
ce peu de bien qu'il avoit amassé à force de
bras, outragé, battu, pillé, volé, despouillé de
ses biens? Voyr sa chaste femme, ses humbles
et simples fillettes trainer impudiquement et
cruellement prendre à force, et de ceux encore
soubs la garde desquels il devoit reposer à son
aise et seurement prendre son sommeil?
Qu'est-ce au contraire aujourd'huy? Quelle
juste police! Quelle humanité! Quelle douceur au regard de ces horribles faictz qui se
commettoient auparavant de veoir le peuple
soulagé de telles pilleries, de veoir l'homme
de guerre se monstrer modeste, honneste, pitoyable et courtois par tous les lieux où il
passe, de s'en aller avecques la grace de son
hoste, de le supporter sans faire tort ni à luy,
ni au moindre de sa famille. C'est vous, Sire,
c'est vous, Roy tres vertueux, qui estes cause
d'un tel bien, et non seulement en cela la
France connoist combien luy sert d'estre pour-
veue d'un si grand et sage Prince comme vous

estes, mais en toutes autres choses auxquelles
durant les regnes passez elle estoit foulée, et
principalement aux fraudes et pilleries des
Banquiers et gens de Justice, elle se sent
maintenant allegée de sorte, que plustost voul-
droit-elle mille foys mourir que d'avoir pensé
tant soit peu de desobeir aux commandements
de vostre Majesté. Le bruit de telle police et
de vostre grandeur est desjà tant épandu par
les nations estrangeres, que celles qui sont les
mieux traitées de leurs autres seigneurs encores ne s'en peuvent contenter, quand elles
ont égard à la grande bonté dont vous usez
envers vostre peuple, tellement que tous ceux
qui vivent sujets à une autre puissance desirent et se tiendroient bienheureux de se
veoir tous reduiz sous la grandeur de vostre
Coronne.

Voilà que sert au Prince la clemence plus
que la rigueur, le bon traitement plus que la
tyrannie, l'humblesse plus que l'orgueil, la
douceur plus que la violence et l'equité plus
que la force envers les peuples sus lesquelz il
a commandement. Et bien que les seigneuries
et grandes preeminences d'un Roy soyent
choses qui facent d'avantage honorer sa majesté, si luy est-il beaucoup plus louable de
surpasser les autres qui ont commandement,
ainsi que vous le faites, en sagesse et meureté
de conseil, qu'en terres, possessions et grandeur de puissance. Cela, Sire, est cause de la
bonne police qui se garde maintenant en tous
vos pays, cela est cause de l'honneur et reve-

rance qu'un chacun porte à vostre Majesté ;
cela est cause que vous voyés ainsi fleurir vostre
regne par dessus tous et le verrez prosperer
de mieux en mieux, s'il plaist à ce Souverain,
guide de nous tous, vous garder encores
quelque temps à vostre France, qui vous aime,
qui vous admire, qui vous aimera et vous
admirera encores d'avantage, tant plus elle
voudra penser et repenser aux grands biens
que journellement elle reçoit de vostre Grandeur.

Il semble, Sire, que le Ciel tout exprès pour
favoriser vostre Regne s'efforce de parfaire tout
en vostre France, mesmement depuis les plus
grans jusques aux plus petiz. Que vous soyez
le plus grand des Roys, personne n'en peut
ignorer ; outre qui se pourroit vanter d'avoir
jamais leu ni veu siecle plus florissant d'honnestes et sages Princes, plus grands et vertueux
que ceux de vostre sang et autres qui naissent
sous vostre Coronne? De plus sages et dignes
Prelats que ceux qui sont ordinairement à l'entour de vostre Majesté? De Justice plus juste
et mieux policée que la vostre? De Noblesse
plus noble et plus chevaleureuse que celle de
vostre France? D'hommes plus braves et plus
vaillants à la guerre, que ceux qui sont à vostre
service? Qui pourroit alleguer un peuple tant
industrieusement et avecques plus divines
inventions s'employant que celuy de vostre
France chacun en l'art qu'il entreprend de
mener? Bref, Sire, vostre regne est monté à tel
degré de perfection qu'il ne peut estre plus

accompli, et croy qu'il ne cede en rien à l'antiquité, soyt en armes ou en connoissance des lettres.

Autrefoys la Grece s'est glorifiée pour estre la mere des sciences et la premiere à bien dire, ayant toutes autres langues et nations en reputation de barbares et mal apprises au regard d'elle, exceptant neantmoins tousjours les Romains qui ne se contentoient pas moins d'eux en ce tems là que les Grecs mesmes. Mais comme ceste grande Nature guidée de ce Souverain gouverneur ha tousjours accoustumé de conduyre toutes choses créées à quelque sommité de perfection, puis après les y avoir entretenues par quelque espace de tems, peu à peu elle les rabaisse pour donner accroyssement aux autres, lesquelles suyvant son ordre inviolable elle éleve et entretient de mesme qu'elle ha fait les premieres, chacune chose regnant à son tour et selon la revolution qui prend son cours sus tout ce qui est en ce monde; ainsi le nous fait-elle maintenant bien connoistre, en la grandeur de vostre Regne et en la beauté de vostre langue Françoyse, qu'elle ha parfaite en son rang, de sorte que les mieux disants Grecz et Latins ne l'emporteroient pas sus tant d'heureuses langues, sus tant de douces et sçavantes pleumes, qui font aujourd'hui profession ou de bien parler ou de bien ecrire en leur naturel Françoys.

Je ne me sçauroy tenir de dire icy un mot à je ne scay quels affectés latineurs, lesquels après avoir tant soit peu vaqué en la langue

Latine, pensent à tous les mots qu'ils jergon-
nent parler tousjours par l'esprit de Ciceron,
comme s'il estoit vray-semblable qu'ils peuvent bien dire en une langue étrangere, et
laquelle ils ne sçavent encores à grand peine
qu'à credit, veu qu'en celle qui leur est naturelle, celle qu'ils ont deu apprendre dès le laict
de la nourrice et où ilz ont esté entretenuz
toute leur vie à peine sçauroient-ils dire troys
motz sans s'y monstrer apprentifz. D'avoir
la connoissance des langues, c'est une chose
fort louable, mais d'autant plus vicieuse à
ceux qui s'en font si profonds admirateurs
qu'ils en deprizent la leur, et principalement
quand ils ont chez eux mesmes une langue
autant recommandable que peuvent estre
celles des estrangers, ainsi que nous avons la
nostre, l'une des plus belles langues qui se parla
jamais, quoyque tels importuns desgorgeurs
de latin en vueillent japer, au contraire alleguans, pour fortifier leur opinion je ne sçay
combien de manieres de parler latines que
nous ne sçaurions rendre mot pour mot en
nostre langue. Mais pour un traict de ceste
sorte qu'ilz mettront en jeu, il est aisé de leur
en alleguer une infinité d'autres en Françoys
qu'il est impossible de rendre en la langue
Latine avecques la mesme grâce qu'ils ont en
la nostre. Ce que je dy de la langue Latine, je
l'entens aussi bien dire de la langue Grecque
et toute autre telle que ces opiniastres langars
vouldront haut-louer pardessus la Françoyse.
Jamais langue n'exprima mieux les concep-

tions de l'esprit que fait la nostre; jamais
langue ne fut plus douce à l'oreille et plus
coulante que la Françoyse; jamais langue
n'eut les termes plus propres que nous en
avons en Françoys. Et diray davantage que
jamais la langue Grecque ni Latine ne furent
si riches ni tant abondantes en mots qu'est la
nostre, ce qui se pourroit aisement prouver par
dix mille choses inventées que nous avons
aujourd'hui, chacune avecques ses mots et
termes propres, dont les Grecz ni les Latins
n'ouirent jamais seullement parler; tant s'en
faut-il qu'ils nous surpassent en richesse de
parole ou d'inventions.

Si l'on veut dire qu'ils ayent eu des hommes
mieux parlans et qui mettoient plus doctement
la main à la plume que les Françoys, encores
moins le confesseray-je, veu que nostre France
est pleine d'une infinité d'Homeres, de Virgiles,
d'Euripides, de Senecques, de Menandres, de
Terences, d'Anacreons, de Tibulles, de Pin-
dares, d'Horaces, de Demosthenes, de Cicerons
Françoys, et bref en quelque maniere d'ecrire
que ce soit la France pour le jourd'huy ne
doit rien à l'antiquité des Grecz et des Latins.

O France heureuse! nourrice des plus beaux
et plus gentilz esprits qui furent jamais veus,
combien ton renom se feroit bien plus grand
et s'espandroit encores davantage, si tu vou-
lois rendre la louange que meritent ceux qui
nous peuvent faire jouir après la mort d'une
double immortalité! La louange est la mere
et celle qui donne le plus de vie aux sciences

et choses honnestes, et que volontiers desirent
le plus tous ceux qui ont élcu pour leur but et
l'honneur et la vertu. Mais pourquoy dissimu-
lerions-nous une chose qui ne se pourroit
celer et que nous devons mesmes aysement
endurer dire de nous? Pour dire le vray, nous
sommes tous éguillonnez de je ne sçay quel
honneste desir de louange, et le meilleur
d'entre nous est bien celuy qu'on voit le
plus mené de gloire. Regardons mesmes à ces
sages qui traitent du mepris de la gloire; ne
souffrent-ils pas que leur nom soit conneu par
les livres qu'ils en composent, et en cela où
ilz desprisent le plus ceux qui sont affectez
à leurs louanges et aux vanteries de leur
noblesse, ne se veullent-ilz pas veoir eux-
mesmes vantés et honorés d'en avoir escrit
telles choses au contraire? Quoy que quelques
uns vueillent contre-faire des mépriseurs de
gloire si n'y a-t'il celuy tant ennemi des Muses
qui n'endure bien fort doucement de voyr une
louange des ses nobles labeurs s'immortalizer
par les doctes écris de quelque sçavante
pleume. Themistocle le donna fort bien à
connoistre à ceux qui l'interrogerent quelz
hommes il entendoit le plus volontiers parler,
lorsqu'il leur fit responce que ce seroyt bien
ceux qui chanteroyent le mieux sa vertu. Ce
grand Alexandre s'étant quelquefoys trouvé
sus le tombeau d'Achille dit de luy : «O bien
heureux jouvenceau qui as rencontré un
Homere pour le chantre de tes vertus!» Et à
bon droit dit-il telle chose; car il est tout

certain si cette grande Iliade n'eust point esté
faicte, que le mesme tombeau qui couvroit le
corps d'Achille eust foulé sous la terre ensemble
avecques ses oz et son nom et sa vertu. Cela
nous doit servir d'assez suffisant témoignage
pour nous monstrer en quelle recommandation
a tousjours esté la louange et ceux qui la
sçavoient le mieux donner aux personnes qui
la meritoient. Que seroit-ce de tous les bons
enseignemens des plus sages que nous lisons
en une infinité de livres excellans? Des exem-
ples de tant de vertueux et sçavants personnages? De la vaillance des plus vaillans des-
quelz lisans les histoires et croniques nous ne
pouvons faire autrement qu'à leur imitation
nous ne soyons émeus de quelque aiguillon de
vertu? Tout cela ne seroit-il pas enseveli sous
les tenebres si la lumiere des beaux et doctes
écriz n'en eust reveillé la memoire? Pourroit-
on donq voyr chose digne de plus grande
louange que d'entretenir un tant honneste et
divin exercice que celuy des lettres et ceux
qui en font preuve, principalement en nostre
langue, par des écris autant ingenieux et bien
discouruz que jamais les Grecz et les Romains
en ayent monstré du tems de leur plus excellente gloire? Aussi donnez-vous bien à
entendre, Sire, combien vous estes affecté à
cette derniere vertu, qui est non pas d'estimer
seulement, mais d'entretenir aux estudes et
liberalement salarier ceux qui sont studieux
de la lettre, et desquels les jeunes et bien nez
esprits vous promettent d'eux à l'avenir quel-

que chose de bon et digne d'estre employé à
la description de voz memorables vertus et au
service de vostre Grandeur.

La France doit encores et à jamais devra
un honneur fort grand aux cendres et à la
memoyre de ce grand François vostre pere, le
premier de ce nom et de sa nation, le premier
Roy qui ha commencé de nous reveiller les
lettres et priser les hommes qu'il connoissoit
pour leur erudition et bon jugement meriter
de luy tel recueil et tant d'amiables faveurs;
mais ce ne vous est pas moins d'honneur, Sire,
de nous entretenir en un si heureux commencement et plus grand encores de ne nous y
entretenir seulement, mais d'augmenter de
plus en plus la gloire des lettres et faire fleurir
de vostre regne la langue Françoyse sus toutes
celles dont l'antiquité s'est estimée par tant de
siecles glorieuse. Certes, Dieu fait beaucoup
pour nous de nous avoir donné un Roy si
curieux de la vertu, si vaillant à la guerre et
ensemble tant affecté aux amis de la science,
non seulement un Roy, mais toute une race
de luy si bien née, que les gens de lettre se
peuvent bien vanter d'estre maintenant au
regne le plus heureux et le plus favorable pour
eux qu'ilz sçauroient souhaiter. Vostre sœur la
premiere des Marguerites et plus excellante
de toutes les Princesses, porte assez bon témoignage en cet endroit de la grandeur de
vostre sang et divinité de son esprit, s'em-
ploiant tousjours aux plus hautes et plus
dignes vertus et principalement aux lettres,

l'un des plus honnestes et louables exercices que sçauroient choisir celles qui sont de son rang.

Et si l'antiquité des Grecz et des Romains se vouloit encores opiniastrer en son excellance par dessus nous, elle ha maintenant bien juste occasion de le quitter à vostre regne, quand nous n'aurions autre chose à leur mettre au-devant que le divin esprit d'une tant vertueuse et sçavante Princesse dont la pareille ne fut jamais veuë de leur tems, ni ne sera, tant que le Ciel et ce qui commande au dessus donnera vie aux hommes de la terre.

Que diray-je, Sire, des jeunes Princes et Princesses qui sont yssus de vous ? N'y voit-on pas desjà reluire je ne sçay quoy de la grandeur et de la vaillance du Pere et de la sagesse et chasteté de la Mere ? Mere, dy-je, Reyne non seulement d'un Royaume de France, non seulement alliée d'un Roy le plus grand, le plus sage et le plus vertueux des Roys, mais Reyne et maistresse de soy-mesme, mais elle-mesme la plus grande, la plus sage et la plus vertueuse des Reynes. Qui voudroit donq encores desormais nier que nous ne soyons en un siecle le plus florissant en toutes vertus qui ayt jamais esté devant nous. Mais certes si le Regne où nous sommes est fort heureux en son excellance, il ne l'est pas moins pour estre conduit d'un Roy qui le sçaura non seulement maintenir en son honneur, mais qui plus est, redoubler sa gloire, de sorte que la posterité qui viendra après ne nous dira pas moins

heureux qu'elle estimera le Regne heureux
pour avoir esté gouverné de vous, le plus grand
des Roys qui ont jamais eu commandement.

Voylà, Sire, ce que j'ay peu dire en ma
foible et encores tendre jeunesse, plus émeu
d'un desir de vous faire paroistre l'extresme et
bouïllante affection que j'ay (continuant le
bon vouloir de ceux dont je suis venu) de
faire service à vostre Majesté et à ceux de
vostre sang, que pour opinion que j'eusse de
faire mon devoir en une si grande charge,
trop forte certes et trop pesante pour mes
petites et encores mal apprises foiblesses. Mais
s'il plaist à vostre Majesté de prendre ce peu de
commencement comme venant de la part d'un
qui souhaite sus tout de faire à l'avenir quelque chose de plus digne de vous et de meilleur
à la gloire et avantage de vostre Regne et de
vostre langue Françoyse, je mettray peine, Sire,
avecques l'aide et support de vostre faveur, de
quelquefoys mieux déduire et d'un plus grand
jugement un si grave et si divin sujet et
avecques raisons plus amplement discouruës
faire connoistre à la France combien elle est
heureuse d'estre sous l'obeissance de vostre
Coronne.

F I N.

DE LA VANITÉ DES HOMMES

Tout ce que l'homme fait, tout ce que l'homme pense
    En ce bas monde icy,
N'est rien qu'un vent legier, qu'une vaine esperance
    Pleine d'un vain souci.
Que pourroit-il aussi sortir que vanité
    De nostre race humaine,
Quand ce n'est autre chose, à dire verité,
    Sinon une umbre vaine ?
L'homme mortel n'est rien qu'une simple fumée
    Qui passe tout soudain :
Ce n'est rien qu'une poudre à tous vens promenée
    Que de ce corps humain.
Où se prendra celuy tant comblé de richesses
    Qui soit content du sien ?
Qui ne souffre en son cœur mille et mille detresses
    Pour augmenter son bien ?
Mais, pauvre homme aveuglé, ne vois-tu les malheurs
    Que ces grans biens te brassent ?
Ne vois-tu les dangers et les tristes douleurs
    Que tes Palais embrassent ?
Le riche volontiers tousjours du mal endure,
    Du soing et des travaux :
Et puis la pauvreté c'est une chose dure
    Regorgeante de maux.
Tout n'est que vanité ; car aussi bien la mort
    A tous, de sa main pasle,
De terre, après avoir faict sus nous son effort,
    Nous fera part esgale.

Que sert donc au sçavant d'avoir la congnoissance
    D'un sçavoir si très-grand,
Et puisqu'il faut qu'il meure avecques sa science
    Comme un autre ignorant ?
Son sçavoir ne luy sert que de cent mille ennuis
    Qui rongent sa cervelle,
Qui troublent son repos et les jours et les nuicts
    D'une angoisse eternelle.

Qui plus a de sçavoir plus dedans son courage
    Il nourrit de douleur :
Le sçavoir n'est sinon qu'une bourelle rage
    Qui tourmente le cœur.

Le sçavant pense bien vivre par ses escrits
    D'une belle memoire,
Et bien mille ans après sa mort gaigner le prix,
    D'une immortelle gloire.

L'autre veut plus hautain eternizer sa vie
    Mourant d'un brave effort :
Mais, je vous pry', voyez ! quelle estrange folie
    De vivre par la mort !

Des autres la pluspart, qu'un si bouillant desir
    De la gloire ne presse,
Veullent en tout solas, en jeux et en plaisir
    Se baigner en liesse.

Ce leur est bien assez s'ils goustent les blandices
    D'une folle putain,
Si elle les dorlote, et si par ces delices
    Ilz dorment en son sein.

Mais quelle vanité d'estre si lachement
    Engourdi de paresse,
De voir un homme ainsi dormir si vainement
    Enyvré de mollesse !

Aussi bien cettui-là qui s'est trop à la femme
    Follement arresté,

A la fin tout honteux n'en acquiert qu'un diffame
      Rempli de vanité.
L'homme ne sçauroit prendre en un jour tant d'ebas,
      Que devant la soirée
Il ne die en son cœur plus de cent fois helas!
      Maugreant la journée :
Et le fol au rebours qui tousjours se tourmente
      Pour peu d'occasion,
De lui-mesme bourreau vainement se lamente
      Comblé d'affliction.

Maint, piqué vainement d'un desir trop extresme,
      Veut tout voir icy bas,
Il veut connoistre tout : mais le grand sot lui-mesme
      Il ne se congnoist pas :
Et maint autre ne veut en aucune saison
      Entreprendre voiage,
Il ne desire rien que seul en sa maison
      Penser à son ménage :
Et tous deux sont remplis d'une vaine folie,
      Car l'un incessament
Doute de son salut, l'autre genne sa vie
      D'un tout autre tourment.

Mille de leur bon gré se mettent au colier
      Du trompeur mariage :
Et les autres jamais ne se veullent lier
      En ce trop long servage.
Les uns pour leurs enfans ont en leur fantasie,
      Mille mordans soucis,
Ou tourmentez en vain d'une apre jalousie
      Ils pallissent transsis :
Les autres vainement adonnez aux amours
      Y conforment leur vie,
Mais vainement deçeus ils rentrent tous les jours
      En nouvelle folie.

Mille voulans marcher les premiers ès provinces
        Cherchent les vains honneurs,
Les autres à la court tachent d'avoir des Princes
        Les premieres faveurs ;
Mais tout est vanité : car l'homme ambitieux
        N'ha repos en sa vie,
Et cetui-là qui veut estre mignon des Dieux
        Est sujet à l'envie.
Tout ce que l'homme fait, tout ce que l'homme pense
        En ce bas monde icy,
N'est rien qu'un vent legier, qu'une vaine esperance
        Pleine d'un vain souci.
Fuions doncques, fuions ces trop vaines erreurs,
        Dressons nostre courage
Vers ce grand Dieu qui seul nous peut rendre vainqueurs
        De ce mondain orage ;
Recherchons saintement sa parole fidelle,
        Invoquons sa bonté,
Car, certes, sans cela nostre race mortelle
        N'est rien que vanité.

DE LA CONSTANCE DE L'ESPRIT

        Laissons ces regrets et ces pleurs,
        Laissons ces trop laches douleurs,
        Laissons tous ces cris lamentables
        A ces personnes miserables
        Qui se tourmentent pour un rien,
        Qui pour un tant soit peu de bien
        Qu'ils perdent par quelque fortune,
        Se chagrinent d'une rancune
        Qui les rongeant jusques aux os
        Les prive du bien du repos.

C'est à faire au gros peuple ainsi
De prendre tant de vain souci
De remplir l'air de ses criries
De ses braiantes hulleries,
De pleurer les jours et les nuicts,
De jaunir sa face d'ennuis,
Mais nous qui avons cognoissance
De cette mondaine inconstance
Aurions-nous bien le cœur autant
Qu'un homme du peuple inconstant ?

L'homme est indigne de l'honneur
D'estre dict homme, aiant le cœur
Si lache et bas qui ne peut estre
De ses affections le maistre :
Celui qui ne peut endurer
Un ennui sans le moderer
D'une atrempence meure et sage
Coulant à tout desir volage,
A peine d'un homme parfaict
Ha-il seulement le portraict ?

Par pleurs, par criz et par helas
Son mal on ne soulage pas,
Mais bien au contraire la rage
Ne s'en accroit que d'avantage :
Et comme par trop retaster
L'on fait la douleur augmenter
D'une playe encore nouvelle,
Ainsi le mal se renouvelle
Plus cruel, tant plus dans son cœur
L'on en refrechit la douleur.

Mais que sert aussi d'estre en vain
A soi-mesme tant inhumain ?

De s'attrister tant la pensée
Pour une fortune passée?
Mais que servent tant de tourmens?
Tant d'ennuieux gemissemens?
Pourrions-nous bien en cette sorte
Ranimer la personne morte
Et la deterrer du cercueil
Vive aux clameurs de nostre dueil?

Soit que nous vissions de nos yeux
Deux soleils luire dans les cieux,
Le jour au lieu de la nuitée,
La nuit au lieu de la journée,
Les fleuves couler contre-mont,
Le plain montaigne, et plain le mont,
Le feu froid, et chaude la glace,
Un esprit gros, un corps sans masse,
Nous ne devrions aucunement
Nous mouvoir de tel changement.

L'homme qui est constant et fort
Ne se troublera pour la mort
De frere, de sœur, ny de mere,
De cousin, d'ami, ny de pere,
Et moins pour perte de ses biens
Legers, muables et terriens :
Fut-il banni de sa province,
Par flatteurs mal venu du Prince.
Il doit en son adversité
Estre tel qu'en prosperité,

Cognoissant que ce Dieu parfait,
Qui tout en tout ce monde fait,
Sagement icy bas dispose
De ce que l'homme en vain propose :

Il faut aussi que les destins
Dont il ha mesuré les fius
Prennent leurs cours, sans que l'on pense
En passer d'un doy la puissance :
Nous devons-nous aussi douloir
De veoir accomplir son vouloir ?

Mais nous à nous-mesmes trompeurs,
Nous nous flattons en noz erreurs
Et d'une mondaine simplesse
Nous aveuglons nostre sagesse
Quand pour un rien d'occasion
Nous transportans d'affection
Nous ployons à la moindre haleine
Du vent qui nous mene et remeue,
Jouets aux plus petits hazarts,
Qui nous tournent en toutes parts.

On conseille tant bien autruy,
Le voyant prendre de l'ennuy,
Mais on ne voit user personne
Du conseil qu'aux autres il donne,
Et au besoin defaut le cueur
Mesmes au plus grave enseigneur,
Qui sembloit un roc immuable
Contre fortune variable,
Qui du plus leger changement
L'ébranle tout en un moment.

Ainsi nous sommes mal appris
Corrumpus de sens et d'esprits
Qui desjà s'abreuvent du vice
Dès le laict de nostre nourrice,
Et couvrans nostre lacheté
D'une sotte fragilité,

Nous nous lachons dès la jeunesse
A toute frivole paresse,
Languissans tous par union
D'une trop sotte opinion.

Mais bien plus constans il nous faut
Avoir le cœur logé plus haut,
Il nous faut bien au loing distraire
De tout ce grossier populaire,
Qui pour trop prendre de douleur
Brasse lui-mesme son malheur,
Et faisans d'asseurance teste
A cette mondaine tempeste,
Il nous faut d'un plus brave cœur
Rabaisser toute sa fureur.

DE PARLER PEU ET DE CELER

SON SECRET

O que la langue est un mal dangereux,
Que c'est un mal plein de poison amere!
O que celuy veut vivre malheureux
Qui parle trop et qui ne se peut taire!

Combien devant que de se hazarder
A prononcer une seule parole
L'on doit en soy sagement regarder
Si elle est point ou trop libre ou trop fole.

La parole est semblable au coup de trait
Qui est tiré, qui ha desjà fait playe ;
Car lors en vain cettui-là qui l'ha fait
En rompant l'arc de la guerir s'essaye.

Ainsi quand l'homme ha desjà fait sortir
Une parole à son dam avancée,
Il n'est après temps de s'en repentir
Depuis qu'elle est une fois prononcée.

Combien voit-on de dangers encourir
Pour quelque bruit d'un faux rapport qui vole?
Combien voit-on d'hommes braves mourir
A l'appetit d'une seule parole ?

On en voit mil et mil, qui n'ayant peu
Se contenir de parler, se lamentent ;
Mais on en voit au contraire bien peu
Qui, pour se taire à la fin se repentent.

L'homme est vraiment et sage et vertueux
Qui seulement en lui-mesme se fie,
Et qui touchant quelque affaire douteux
Ne declara son secret en sa vie.

Penserions-nous qu'un autre fut secret
A bien celer sagement nostre affaire,
Quand nostre cœur follement indiscret
N'a peu lui-mesme à un autre se taire ?

Heureux cent fois et cent fois est celuy
De qui cachée est toute l'entreprinse,
Et qui n'en fait participant autruy,
Non en tel cas seulement sa chemise.

Il vaudroit mieux sa chemise brusler
Et trançonner sa langue trop volage,
Couper sa main, que cela fit parler
Encontre soy quelque mauvais langage.

C'est un grand vice ainsi de s'avancer
A parler trop, mesme à son prejudice,
Mais de personne en ses dits offenser,
C'est bien encore un plus extreme vice.

Le mal qui fait de la langue abuser
C'est bien le mal de tous les maux le pire,
Et la vertu qui est plus à priser
C'est de sçavoir beaucoup et de peu dire.

A P. TAHUREAU SON FRERE

DE L'INCONSTANCE DES CHOSES

On ne voit rien en ces bas lieux
Qui ne soit remply d'inconstance,
Et rien ne couvre ces hauts cieux
Où l'on puisse prendre asseurance.
Comme l'un va, l'autre revient,
L'un mourant, l'autre prend naissance;
L'un que la richesse soutient
Soudain la pauvreté menace,
Et l'autre en faveur se maintient,
Qu'on voit bien tost mis hors de grace.

Tantost en la froide saison
La terre se gele endurcie,
La glasse reserre en prison
L'eau des rivieres épessie,
Et les gorgettes des oyseaux
Qui chantoient en douce harmonie
Au printemps dessus les rameaux
De quelque verdissant bocage,
Cessent adonq les chants nouveaux
De leur melodieux ramage.

Le petit enfantin de lait
Incontinent commence à croistre,
Et soudain d'enfant tendrelet
On le voit tout homme apparoistre,
Puis la viellesse foiblement
Le fait de ses forces décroistre,
Et le battant incessamment
De langueur et de maladie
Luy fait quiter en un moment
Le plaisir trompeur de la vie.

L'un pour **un** temps se veut donner
Songneux aux lettres et au livre,
Puis il se vient abandonner
A quelque plus doux train de vivre;
Du livre il quitte tout le soin,
Il veut les amourettes suivre,
Et chassant tout labeur au loin
Il fuit la triste solitude,
N'ayant ce luy semble besoin
Rien moins qu'à se metre à l'etude.

Tantost le soudart tien son rang
Et foudroyant d'un bras horrible,
Il met tout à feu et à sang,
Flambant de cruauté terrible;
Puis Mars appaisant sa fureur
On voit dans sa maison paisible
Vivre le riche laboureur
Sans avoir crainte des gendarmes,
Ny saus plus trembler de l'horreur
De voir ensanglanter les armes.

L'un soit à tort, soit à raison,
Soit par fortune hazardeuse,

Honore sa riche maison
De mainte excellence pompeuse,
Pensant bien laisser en honneurs
Sa race à jamais glorieuse.
Mais souvent ces plus grans seigneurs
Font échange de leur audace
Et de leurs superbes grandeurs
Avecq' une pauvre bezace.

Maint sorti d'un tige hautain
De quelque maison non commune,
Belitre mandie son pain,
Eprouvant les tours de Fortune,
Et maint d'un fort bas lieu venu
Jusques aux cieux hausse sa hune,
Et luy qui estoit incognu
Nourri pauvrement sous du chaume
Se voit maintefois parvenu
Jusqu'à gouverner un Royaume.

L'un à tout acte vicieux
Hazarde sa folle jeunesse,
Et de vertu mal curieux
Jamais de faire mal ne cesse,
Tant qu'il semble desesperé
De quelque vertueuse adresse,
Toutefois en fin retiré
Maitrisant ce desir volage
De maintes vertus honoré
On le voit fleurir devant l'age.

Les uns sont maintenant amis,
Jurez d'alliance fidelle,
Qu'on voit tout soudain ennemis
Animez d'une ire mortelle :

Maints autres qui ont pourchassé
L'un à l'autre une mort cruelle
Aprez avoir un peu passé
Cette colere abhominable
Ont tout ce raucueur effacé
Vivans d'amour inviolable.

Maintes choses sont en grand pris
Dont on adore l'excellence,
Qu'on aura soudain à mépris
Les voyant choir en decadence,
Et beaucoup d'autres reviendront
Dont on n'a plus la cognoissance :
Beaucoup de langues reprendront
L'honneur de leur premier usage,
Et beaucoup des nostres perdront
La gloire qu'ilz ont de nostre age.

Cetui-cy se voit honorer
Long temps en une court royalle,
Il voit d'un chacun reverer
Sa grandeur presqu'aux Roys égale ;
Mais un petit rien de malheur
Tost au plus bas lieu le devalle,
Si que luy qui grand en honneur
Avoit passé toute sa vie,
Finit à la fin en douleur
Ses derniers jours pleins d'infamie.

Ainsi de pas tout inconstans
Les hommes roulent en ce monde,
Et toutes choses ont leur temps
Dessous cette machine ronde :
D'entre cent mille on n'en voit point
Un seul qui à l'autre responde ;

8

Mais si l'on trouve de tout point
Au monde une amour naturelle,
C'est bien celle là qui nous joint
- D'une alliance fraternelle.

CONTRE AMOUR

Quelle fureur tenaillant les esprits
Fait tristement sangloter tant de cris
   A ces sots que l'amour transporte ?
Quel vain souci dont ils vont souspirant
Les fait bruler, glacer, vivre en mourant,
   Enrager de douleur si forte ?

Pauvre aveuglé, pauvre sot amoureux,
Pauvre transi, pauvre fol langoureux,
   Pauvre insensé, quelle furie
Te fait ainsi languissant vainement
Passer en dueil, et combler de tourment
   Ta pauvre et miserable vie ?

Mais, pauvre sot, il ne te suffit pas
En un moment sentir mille trépas
   Pour ce fol amour qui t'atize,
Il faut encore en brouiller à milliers
Et mille et mille et mille vains papiers
   Témoins de ta lourde sottise :

Et puis tu dis qu'un amoureux ne peut
Se dépêtrer librement quand il veut
   Des lacs qui retiennent son ame ?
Tu dis que c'est un si plaisant malheur
Qu'on n'en sçauroit refuser la douleur
   Quoy qu'en soit cruelle la flamme.

On ne sçauroit de vray la refuser
Quand de son gré l'on s'y veut abuser,
   Causant soy-mesme son martyre :
Que peut servir au blessé le conseil
Quand dédaignant du barbier l'appareil
   Luy-mesme ses playes dechire ?

Est-ce pas bien se défaire d'un lacs
Quand s'y meslant de jambes et de bras
   Tousjours plus fort on s'y avance ?
Est-ce pas bien à bon port se ranger,
Quand d'un naufrage evitant le danger
   Au meillieu d'un gouffre on s'élance ?

Tel en son mal est l'amoureux transi,
Contre raison tousjours plus endurci,
   Tant plus la raison le conseille :
De peur de voir il ferme ses deux yeux,
De peur d'ouyr ses actes vicieux
   Il bouche obstiné son oreille.

Remonstrez-luy que tous ses beaux écrits,
Ses pleurs, souspirs, ses regrets et ses criz
   Servent à sa Dame de fable,
Plus que jamais d'encre il regatera
Et de clameurs follement jettera
   Trop plus qu'auparavant moquable.

Remontrez-luy qu'il n'est rien qui soit tant
Leger, volage, à tous vens inconstant
   Qu'est une amante en sa promesse :
De plus en plus il se lairra piper,
Et depourveu de tout bon sens tromper
   Mal appris en l'amour traistresse.

Remontrez-lui comme il n'est plus à soy
Et que pour prendre en son cœur tant d'esmoy
  Il vit sous une autre puissance,
De plus en plus en l'amour tourmenté,
On le verra perdre sa liberté
  Flatté d'une vaine esperance.

Jamais la nuit il ne peut sommeiller,
Jamais le jour il ne sauroit veiller,
  Sans penser en mille tristesses :
S'il veut aller, il ne peut faire un pas,
Et s'il s'arrête, en mille et mille hélas
  Il pleure ses folles détresses.

Quand il faut rire, il se fond tout en deul,
Il cherche autruy, il veut estre tout seul,
  Se bannissant de compagnie :
Il meurt de faim, il ne sauroit manger,
Il courbe au faix, et ne veut s'alleger
  Du pesant fardeau qui l'ennuye.

S'il veut tenir secrète sa douleur,
Un regard triste, une blesme pâleur,
  Une contenance égarée,
Un parler froid et fort mal assuré
Montrent assés du pauvre adoulouré
  L'ame d'amour alangourée.

Tantost il veut ses cheveux frisoter,
Se parfumer, se tiffer, mignoter,
  Polir ses mains et son visage :
Cette façon tout soudain lui déplait,
Et, de luy-mesme ennemi, ne se plait
  Qu'à forcener en son courage :

S'il aperçoit qu'un autre ait la faveur
De ses amours, lors mangé de rancueur
   Tout écumant de frénésie,
Il crevera, de son heur envieux,
Et martelant son cerveau furieux
   Il brûlera de jalousie.

Fuyons, fuyons à ses amours cuisans,
Gardons-nous bien le meilleur de nos ans
   En erreurs si folles dependre :
Fuyons ces sots, leurs larmes et leurs criz,
Et travaillons à faire des écrits
   Où nos neveux puissent apprendre.

ELEGIE AUX MUSES

SUR LA MORT DU DEFUNT PETIT COMTE DE

TONNERRE : HENRY DU BELLAY

Pleurez, Muses! pleurez, Caliope et ta bande,
Pleurez, Muses, pleurez la perte la plus grande
Que vous sçauriez sentir, et le plus grand malheur
Qui arriva jamais pour troubler vostre cueur.
Pleurez, Muses, pleurez, et d'un son pitoyable
Faites ouyr partout vostre cri lamentable,
Et sus voz instruments d'un lamentable accord
Trainés des chants piteux des horreurs de la mort.
Pleurez, Muses, pleurez, et vos larmes coulantes
Tombent en vostre sein à l'envi devalantes!
N'ombragez plus vos chefs de verdoyants chapeaux ;
Ostez de dessus vous ces argentins manteaux
Qui voletoient en l'air ; venez échevelées
Sans aucune coronne, et toutes adeulées

Couvrez-vous d'un drap noir, demenans un tel dueil
Qu'à chacun de pitié la larme vienne à l'œil.
Vostre eclatante voix de hauts sanglots rompue
Que poussera dehors vostre poitrine nue
Et mille gros souspirs temoignent la douleur
Que vous portez ancrée au plus profond du cueur.
Pleurez, Muses, pleurez, et d'une voix dolente
Plaignez de vostre enfant la mort trop violente,
Las! qui vous eust bientost de bon père servi,
Si la mort ne l'eust point de ce monde ravi,
Et qui docte et vaillant vous eust bientost vengées
De ceux dont à grand tort vous estes outragées.
De ses pères le nom et celuy qu'il avoit
Semblable à nostre Roy, jà desjà l'eslevoit
Si brave et courageux, que dès sa tendre enfance
Il nous promettoit d'estre un autre espoir de France.
Combien il estimoit cela que vous pouvez,
Combien il vous aymoit, Muses, vous le sçavez!
Belles, vous sçavez bien combien en son jeune age
Sus tous'ceux de son tems il avoit d'avantage.
Tout ce que l'on sçauroit de parfait demander
En un jeune Seigneur, ou soit pour commander
Sans faire tort aux siens, ou de façon honneste
Accorder doucement toute juste requeste,
Aux humbles pour estre humble, aux hautains glorieux,
Pour se monstrer du cueur de ses nobles ayeux,
Estoit en cest enfant, qui tenoit davantage
D'un homme grave et meur que d'un enfant volage.
Cet enfant n'avoit rien logé dedans son cueur
Que toutes bonnes mœurs, que ce haut point d'honneur,
Qui le picquoit desjà d'une honorable envie
D'employer noblement pour son Prince sa vie,
S'estant dès le berceau tousjours encouragé
De faire vivre en luy son antique Langé,
Ce Langé dont le bruit cessera de s'épandre,

Quand épandre on verra tout ce grand monde en cendre.
Ha! ciel, que t'avons-nous en ce bas monde fait
De nous ravir ainsi tout nostre plus parfait!
Ha! pauvres malheureux et mal nés que nous sommes,
Sus tous les animauts nous, miserables hommes,
De ne sentir jamais, en cette vie icy,
Que les pertes, les pleurs, le dueil et le soucy!
Pendant que nous vivons, cette aveugle fortune
De ses tours inconstans tousjours nous importune,
Et puis après la mort nous n'y laissons de nous
Qu'une cendre en la tombe et un vain dueil à tous.
Ha, Mort! si de ta faux la sacrilege audace
Avoit un peu d'égard sus une noble race,
Si tu ne violois par ta fiere rigueur
Ceux qui sont d'entre nous tout le plus grand honneur,
Tu ne devois si tost meurdrir la tendre enfance
De ce gentil enfant, l'honneur de nostre France,
Tu ne devrois jamais défaire ceux qui sont
Du nom des Dubellays et du sang de Clermont,
Du haut sang de Clermont dont l'antique noblesse
Luit aux hautes vertus d'une noble Contesse,
Mère de cet enfant que tu nous as osté
Ravissant d'icy bas la plus grande beauté,
Mere qui plaint, hélas! et pleure desolée
De son enfant aimé la grace violée,
Qui la plaint à bon droict et triste la plaindra
Tant que de ses vertus elle se souviendra.
Pleurez, Muses, pleurez, et blesmes de tristesse,
Accompaguez en dueil cette noble Contesse,
Non elle seulement, mais le peuple François
Qui le regrette tout ensemble d'une voix!
Et qui ne le plaindroit? vou que nostre Roy mesme,
La Reyne et les plus grands en font un dueil extresme.

Chascun le pleure, fors ceux qui n'entendent rien
A faire jugement ni du mal ni du bien.
Muses, pleurez-le doncq et par cette Elegie,
Faites vivre sa mort d'une immortelle vie.

FIN

NOTES BIOGRAPHIQUES

SUR LES PERSONNAGES NOMMÉS

DANS LES POÉSIES DE TAHUREAU

ADMIRÉE (Conjectures sur le véritable nom de l')
Comme la Cassandre de Ronsard et la Francine de
Baïf, l'Admirée de Tahureau était une Tourangelle.
Les recherches que j'ai faites au sujet de la Cas-
sandre ne m'ont pas même amené à une conjecture
Celles que je veux essayer sur l'Admirée atteignent
un degré de probabilité assez grand pour qu'il soit
permis de s'y arrêter.

La Péruse qui, en consacrant deux *mignardises*
successives à la Francine de Baïf et à l'Admirée
de Tahureau, semble les associer dans une même
pensée, adresse un peu plus loin, à une D^lle F. de G.
une *Estrenne*, où il lui dit :

> Plus qu'en tableau ou en cuivre,
> *L'Admiré* peut faire vivre
> Ta *sœur* par ses beaux écrits ;
> Mais plus que lui et plus qu'elle,
> Si je l'avois entrepris,
> Je te rendrois immortelle.

Si l'*Admiré* est Tahureau, la sœur de Mlle F.
de G. est évidemment l'*Admirée*. Maintenant abordons un autre ordre d'idées : Baïf, intime ami de
Tahureau, devint amoureux de sa *Francine* lors
d'une visite qu'il fit à celui-ci (visite que Ronsard
rappelle dans un poëme intitulé le *Voyage de Tours*).
Dans ses Amours de Francine, Baïf dédie plusieurs
sonnets à Tahureau (ff. 60, 102, 104) et aussi à son
Admirée (f. 95). Il dit même, dans un de ces
sonnets, en s'adressant aux Naïades de la Loire :

> .... Fendez l'eau jusqu'à Tours,
> A vos sœurs d'alentour annoncez mes amours
> Et leur *honneur second, frère* de l'Admirée.

Cet *honneur frère* de l'Admirée, c'est Francine,
dont le nom correspond à la première des mystérieuses initiales F. de G. Mais que signifient les
deux autres ?

Baïf nous le dit on ne peut plus clairement dans
ses Amours de Francine (page 50) :

«*Rien que* Genne *et tourment ton nom ne me promet.*»

Ces lettres inexpliquées veulent dire : Francine
de Gennes.

.Ce nom n'est pas inconnu dans la Touraine.
Tahureau a un ami qui s'appelle *C. de Gennes*.
M. Gellibert des Seguins, dans son édition de
La Péruse, cite un René de Voyer, vicomte de
Paulmy et de la Roche *de Gennes*.

Enfin le poëte Guy de Tours, dans un curieux
poëme intitulé le *Paradis d'Amour*, qu'il consacre
à la louange des plus belles dames de Tours, et
qui fait partie du rare volume de ses Premières
œuvres poétiques (Paris, N. de Louvain, 1598,
in-12), écrit ces vers sur Mlle de Genne :

L'or qui folastrement sur la teste blondoye
De la belle de Genne est de si riche proye,
Que quelque Paladin, imitant un Jason,
Ne craindroit le trepas pour si riche toison.
Voy-jà de quel doux philtre elle confist sa veue,
Voy-jà de quel maintien sa demarche est esmeue!
Il faudroit que tu fusse un bien disant BAÏF
Pour peindre de son teinct le cinabre naïf.

Il me semble qu'après ce dernier trait, la preuve
est complète : Mlle F. de G. n'est autre que Francine (ou Françoise) de Genne, la Francine de Baïf.
Et comme, selon La Péruse, celle que chantoit
l'*Admiré* était sa sœur, l'Admirée de Tahureau se
nommait aussi de Genne. Quant à son prénom
(comme le poëte parle souvent de son *Angelique
face*, qu'il l'appelle son *Angelette*), on pourrait
penser qu'elle se nommait Angélique; mais rien
de précis n'autorise cette supposition et j'aime
mieux m'en tenir à ce que je viens de prouver,
c'est-à-dire que Baïf et Tahureau aimaient les
deux sœurs Mlles *de Gennes*.

AUTEVILLE (Ysabeau d'), fille d'honneur de
Marguerite, sœur de Henri II.—Elle appartenait à
la célèbre maison d'Hauteville en Normandie, de
laquelle étaient les conquérants de Naples et de la
Sicile.

St-Gelays a écrit des vers galants sur le psautier
d'une demoiselle d'Auteville. Trois demoiselles de
ce nom furent filles d'honneur de la reine Catherine
de Médicis.

BAÏF. (Jean Antoine), l'un des poëtes de la
Pléïade. Né à Venise en 1532, mort en 1589.

BAUFFREMONT (Claude de), abbé d'Asey et de Balernes, puis évêque de Troyes en Champagne (1561). Il y mourut âgé de 64 ans, en 1593.

Il était cousin plutôt que neveu de Claude de Longwy, cardinal de Givry, dont la mère était une Bauffremont.

BELLAY (François-Henri du), comte de Tonnerre, fils unique de François, seigneur du Bellay, mort en 1553, et de Louise de Clermont-Tonnerre. Il mourut jeune, en 1554, et eut pour héritier son oncle Eustache du Bellay, évêque de Paris.

BELOT (Charles), ami de Tahureau, dont la sœur, traversant une rivière sur le même cheval que son mari, glissa dans l'eau et se noya.

BOUCHET (Guillaume) de Poitiers, auteur des *Sérées*, qui, parmi beaucoup de bouffonneries, contiennent d'excellentes choses. Né en 1526, mort en 1606.

CHAUMONT (N. de), ami de Tahureau et littérateur. Il ne semble pas appartenir à la maison de Chaumont.

COYTTIER (Jacques), gentilhomme parisien, seigneur d'Aunay. Cet homonyme du célèbre médecin de Louis XI a tout l'air d'être de sa famille.

DENISOT (Nicolas), dit, par anagramme, le comte d'Alsinois. Peintre et littérateur, né au Mans en 1515, mort à Paris en 1559.

DEVIN (Anthoine le), esleu du Tronchay, sieur de la Roche en Anjou et du Tronchay, et de Montargis au Maine. Né au Mans; a composé des tragédies bibliques et une traduction de Salluste, non imprimées. Il mourut à Angers en janvier 1570.

GENNES (C. de), ou Degennes. M. Gellibert des Seguins, dans son édition de La Péruse, nomme René de Voyer, chev. de l'ordre du Roi et du St Sépulchre, vicomte de Paulmy et de la Roche de Gennes, seigneur du Plessis-Cyran, etc. Marié en 1580. C'était peut-être un parent de C. de Gennes?

Guy de Tours, dans son Paradis d'Amour, cite une demoiselle de Gennes parmi les beautés Tourangelles.

Voir plus haut les Conjectures sur le vrai nom de l'*Admirée*.

GUISE (le cardinal de Guise), Loys de Lorraine, 4e fils de Claude de Lorraine, né le 21 oct. 1527, fut archevêque de Sens et mourut le 29 mars 1578.

GUYART (Anthoine), jurisconsulte et poëte. Lacroix du Maine mentionne un Jean Guyart, sieur de la Brunellière, auteur de poésies et de harangues, non imprimées, qui naquit au Mans et y mourut le 3 mai 1568. — Ce pourrait bien être le même.

HOYAU (Jacques), seigneur de Beauchesne.

JODELLE (Estienne), sieur du Lymodin, poëte dramatique, né en 1532, mort en 1573. — Il faisait partie de la Pléiade.

JOUNAUT (Jean), seign. de la Trouillardière, né en Anjou. Il était poëte et chantait une beauté qu'il appelait *Mignarde*.

Peut-être était-il parent de la famille des Trouillard, du Maine.

LA PÉRUSE (de). Jean Bastier, né à la Péruse (Charente), en 1529, adopta le nom de sa bourgade natale.

Il écrivit la Médée, une des premières tragédies françaises, quelques poésies remarquables et mourut d'épuisement en 1554.

Consulter l'excellente édition de ce poëte donnée par M. Gellibert des Seguins. Paris, Jouaust, 1867, in-8°.

LESTRANGE (C. de), protonotaire de Msr le cardinal de Guise, abbé de la Celle, diocèse de Poitiers, nommé en 1544, mort en 1565.

Il faisait des vers pour une beauté qu'il appelait *Charite*. Il ne paraît avoir rien fait imprimer.

L'HUILLIER (Gilles), seigneur d'Urcines, second fils de Guillaume L'Huillier, sieur d'Urcines, maître des requêtes, et de Jeanne de Lahaye. Il mourut jeune.

La famille bourgeoise L'Huillier ou Luillier est une des plus anciennes de Paris. Le spirituel Chapelle, ami de Molière et de Boileau, était fils naturel d'un L'Huillier.

MARGUERITE (Madame) de France, duchesse de Berry, fille de François Ier, sœur de Henri II, née en 1523, la protectrice des poëtes de la Renaissance, épousa, en 1559, Emmanuel Philibert, duc de Savoie, et mourut en 1574, chérie de ses sujets.

Marie de Lorraine, reine d'Ecosse. Etant veuve de Louis II d'Orléans, duc de Longueville, elle épousa en 1538 Jacques V, roi d'Ecosse, et fut mère de Marie Stuart.

Michon (Jacques), ami de Tahureau.

Montpezac (Antoine de Lettes, surnommé des Prez, seigneur de), prisonnier à Pavie, maréchal de France en 1543, mort en 1544.

Neveu, poëte, ami de Tahureau.

Pardaillan (Jean de) Panjas second, Prothenotaire de Pangeas (qui sont les qualités qu'il se donne), a écrit en vers français les amours de sa *Colombe*. Voyez O. de Magny en ses odes, fol. 123 (La Croix du Maine).

Pascal, ou **Paschal** (Pierre), né en 1522, à Sauveterre, mort à Toulouse le 14 mars 1565. C'est une figure singulière du XVIme siècle. Il fonda sa réputation sur un discours latin médiocre, et parvint à conquérir l'estime des grands et l'amitié des littérateurs contemporains.

Le fait qui le mit en lumière est celui auquel Tahureau fait allusion dans ses vers.

Paschal avait suivi à Rome le cardinal d'Armagnac et se trouvait à Padoue, en 1547, lorsque l'archidiacre Jean de Mauléon y fut assassiné. Témoin du crime, il fut chargé de le dénoncer au sénat de Venise et trouva, pour flétrir les meurtriers, des accents tellement émus qu'il enleva d'emblée tous les suffrages. Ce succès lui attira d'autre part de si violentes inimitiés qu'il fut forcé de retourner en France.

Du Verdier, qui parle de Paschal dans sa Bibliothèque, l'appelle *un pur abuseur de monde, qui repaissait les gens de fumée au lieu de rôt;* il reconnaît toutefois que ses harangues témoignent qu'il était éloquent et bon orateur latin. — Il fallait en effet que cet homme fût doué de quelque talent et d'une remarquable faconde, pour avoir ébloui le sénat de Venise, pour s'être concilié, sur parole, l'admiration de ses contemporains, qui tous, poëtes et savants, le comblèrent de leurs éloges, pour s'être enfin si bien posé à la cour que Henri II le nomma son historiographe et lui donna une pension de 1,200 livres.

Il mourut néanmoins dans la misère et ne produisit jamais rien. «J'ai vu à Paris, dit Du Verdier, au logis de la Petite Harpe, rue de la Harpe, tout ce qu'il avoit fait de son histoire de France, qui ne passoit pas 10 ou 12 feuillets qu'il avait laissés, avec quelques hardes, à son hôte nommé Mangis, pour gage de la somme de cinquante écus sol qu'il lui devoit, de reste de dépense.» Il alla mourir à Toulouse, où on lui consacra, dans le cloître de l'église Saint-Etienne, une fastueuse épitaphe.

RABELAIS (François), un des plus savants hommes de son temps : médecin, linguiste, grammairien, antiquaire, il serait profondément oublié s'il n'eût écrit *Gargantua* et *Pantagruel,* deux romans satiriques, aussi spirituels qu'ils sont obscènes, pleins d'allusions aujourd'hui perdues, que peu de lecteurs ont lus en entier, que personne n'a compris, et pourtant qu'on réimprime toujours, et qui font que Rabelais est immortel.

REGNARD ou RENART (Jean), Angevin, seigneur de la Minguetière, capitaine pendant les guerres

d'Italie et de France, cultiva les armes et les lettres.
Il traduisit l'histoire des Gaulois de Paul Emile.
Les 5 premiers livres parurent en 1553, à Paris,
in-8°, puis en 1556 et 1573. Les 5 autres livres, avec
la continuation de Le Feron, furent publiés après
sa mort. Paris, 1581, in-fol.

RENAUT DE TRAVARZAY (Antoine), avocat ou
magistrat, que Tahureau invite à cultiver la poésie.
On trouve, dans La Croix du Maine, un Ant.
Renault ou Regnault, qui a fait imprimer à
Lyon, en 1573, un discours de son voyage en la
terre sainte fait l'an 1548.

RONSARD (Pierre de), le Prince des poëtes français
du XVIme siècle. Voir sa vie dans l'édition de ses
Œuvres en VIII vol. in-16, que j'ai donnée dans la
bibliothèque Elzévirienne (Paris, Jannet, Pagnerre
et Franck, 1857 à 1867).—Son frère aîné, Claude de
Ronsard, ayant épousé Catherine Tiercelin, sœur
de Marie Tiercelin, mère de Tahureau, celui-ci se
trouvait allié de Pierre de Ronsard et son neveu à
la mode de Bretagne.

ROY (le) HENRY II, né le 31 mars 1518, avait
épousé en 1533 Catherine de Médicis. Il avait été
sacré le 25 juillet 1547. Lorsque Tahureau écrivait,
ses enfants étaient 1° François II ; 2° Louis, duc
d'Orléans, qui mourut en 1550 ; 3° Charles IX,
et 4° Henri III.

SAINCT-FRANÇOIS (Jacques de), seigneur de
l'Aulnay, gentilhomme du Maine.
On trouve, dans La Croix du Maine, un Ber-
nardin de Saint-François, gentilhomme du Maine,

Conseiller d'église à Paris, puis maistre des Requestes de l'Hostel du Roy, abbé de Fontaine Daniel au Maine, prieur de Grandmont, enfin évêque de Bayeux en 1573. Il mourut en 1582. Il a laissé des vers manuscrits, et on lit quelques sonnets de lui avec les Amours de Francine, de Baïf. Je serais étonné que ce ne fût pas le même.

SAINT-DENIS (P. de), seigneur de Puisensaut.

SAINT-GELAYS (Mellin de), le fils de l'évêque d'Angoulême, Octavien de St-Gelais; l'émule quelquefois heureux de Clément Marot. Il fut détrôné par Ronsard. Né en 1487, il mourut en 1558.— Bernard de LaMonnoye a laissé, sur ses poésies, un très-curieux commentaire que j'ai revu et complété, pour une édition actuellement sous presse.

SALEL ou SALET (Hugues), né dans le Quercy en 1504, fut abbé de Saint-Cheron, traduisit en vers la moitié de l'Iliade, publia en 1536 quelques poésies, et mourut en 1553. — Il fut le maître et l'ami d'Olivier de Magny.

SALUCES (François, marquis de) avait été nommé par François Ier colonel de l'infanterie italienne; mais il abandonna la France, dans les revers qu'éprouva le Roi.

TAHUREAU (Jacques). Voici l'article que M. de la Porte, dans ses Epithètes (Paris, 1571, fol. 255, verso) consacre à notre poëte :

« Jaques Tahureau, gentilhomme du Mans, par ses doctes escrits, s'est rendu immortel à la postérité. Icelui voyant nos poëtes François s'inviter l'un l'autre à escrire de l'Amour, il s'en acquitta fort miguardement. Et pour monstrer qu'il sçavoit escrimer à toutes mains du baston qu'il manioit, il nous a pareillement fait voir une sienne oraison dediée au Roy Henry, de l'utilité de la langue françoise. Davantage se retirant de ceste ville en son païs (où de malheur il fust empestré des liens d'une femme), il laissa entre les mains d'Ambroise de la Porte, mon bon frère, deux dialogues, que depuis j'ay fait imprimer; lesquels eussent esté de deux autres accompagnez, si la Mort, envieuse d'un si gentil personnage, ne lui eut sillé les yeux d'un sommeil irreveillable, peu après la solennité de son mariage. »

Il a paru curieux de conserver cette notice, écrite par un contemporain et un ami, peu après la mort de Tahureau.

TARBES (l'évêque de). — Antoine d'Achon, fils d'Artaud de St-Germain, baron d'Aychon, et de Marguerite d'Albon. — C'est par sa mère qu'il était oncle du maréchal de Saint-André (Jacques d'Albon).

TARON (Jean), sieur de la Roche, conseiller du roi au siége présidial et sénéchaussée du Maine. Il était jurisconsulte, poëte latin et français. On voit 14 vers latins de lui en tête des poésies de Tahureau. La Croix du Maine, qui nous a conservé son nom, dit qu'il n'a rien publié.

C'était un bibliophile, curieux de beaux exemplaires et de belles reliures. Sa bibliothèque passait pour une des plus belles et des plus importantes de la province.

Il avait un frère aîné, René Taron, avocat
du roi au Mans, et un autre frère chanoine en
l'église de cette ville. Tous trois étaient fils de la
Baillive de Sillé, une des plus belles et spirituelles
femmes de son temps. Il est question d'elle dans la
38ᵉ Nouvelle de Desperriers, où elle dit : Si j'estois
morte et que j'ouïsse un violon, je me leverois
pour baller !... Il faut en lire tout le conte. C'est
un rien, mais parfaitement raconté.

TIERCELIN (Charles), sieur de la Roche du Maine,
né en 1482, fut soldat dès son jeune âge. D'abord
enseigne, puis capitaine, ensuite archer dans la
compagnie du duc d'Alençon, il redevint encore
homme d'armes, guidon, lieutenant, puis capitaine
de sa compagnie. Il assista à sept siéges de villes,
fut pris à Pavie, puis à St. Quentin. Il mourut à
Chitré, près Chatellerault, le 2 juin 1567, âgé de
85 ans deux mois. Quand Tahureau lui adressa
des vers, il était gouverneur de Mouzon en Champagne, petite place forte près Sedan. Il fut aussi
capitaine du château de Chinon, qui lui fut enlevé
par les huguenots et qu'il leur reprit. Brantôme
lui consacre le chap. 88 de ses Grands Capitaines
français et en fait ce bon conte :

« M. de Richelieu me nomma par mon nom de
« Bourdeille le jeune. Soudain il se tourna vers
« moi en disant : « Hé ! mon petit cousin, mon ami,
« que je te donne l'accolade ! Vostre pere et moy
« nous avons esté si bons amis. Et, teste dieu pleine
« de reliques (c'estoit son serment) ! que nous en
« avons fait de bonnes de là les monts, d'austres
« fois en mon jeune âge ! » Et m'en alla faire des
contes qui levoient la paille, et m'en entretint près
d'une grosse demye heure. Et puis s'en voulant

aller, il demanda sa mulle qu'il appeloit toujours Madame sa mulle, qui avoit plus de trente ans, tant sage et si bien faite au montoir que rien plus. Quand je le vis monter, je luy dis : « Monsieur, que « vostre mulle est sage et bien aysée au montoir !— « Pourquoy ne le seroit-elle, teste dieu! mon petit « cousin ? Elle a près de quarante ans, elle a bien « appris sa leçon sous moy. Elle me sert fort bien; «je monte à l'ayse sur elle quand je veux. Que «pleust à Dieu j'en peusse faire de mesme sur « toutes les dames de ceste Cour, et qui fussent «aussy aysées au montoir! Vous en seriez bien «ayse, petit cousin, qui jà estes un jeune étalon « pour elles. Adieu, mon petit cousin, mon amy; si «tu veux venir souper avec moy, nous causerons « des follies de ton pere et de moy et de tout. » Je n'y allay pour le coup, mais une autre fois où il triumpha de dire; mais quand il falloit parler de la guerre, de choses hautes et serieuses, il le faisoit beau ouyr. »

La Chronologie Collée donne un beau et original portrait de Ch. Tiercelin, gravé par L. Gaultier.

Il eut quatre fils :

1º Jean-Baptiste Tiercelin, abbé des Chasteliers dans le diocèse de Chartres ;

2º Louis, qui fut tué à 22 ans à la bataille de Saint-Quentin ;

3º Charles, lieutenant de la compagnie de son père ;

4º Artus.

TIERCELIN (M. de), abbé d'Hermières, conseiller à a Cour de Parlement de Paris. Semble être frère de Louis Tiercelin, aïeul de Tahureau.

TRONCHAY (Mathurin du), littérateur, probablement un parent d'Antoine Le Devin.

Voir DEVIN.

TROUILLARD. La Croix du Maine cite deux frères de ce nom ; je crois qu'il s'agit ici de Guillaume Trouillard, sieur de Montchenu, avocat au Mans, et non de son frère, Jaques Trouillard, sieur de la Boulaie, docteur en médecine à Montpellier et médecin du roi de Navarre.

Ils étaient de l'ancienne famille des Trouillard, au Maine, à l'un desquels le père de Tahureau succéda dans les fonctions de juge du Maine.

Voir JOUNAUT.

VAYRIE (Hierosme de la), seigneur de la Vaudelle, gentilhomme du Maine. — Poëte latin.

VILLEBON, capitaine français.

F I N

TABLE DES MATIÈRES

FIN DE LA TABLE

RARETÉS BIBLIOGRAPHIQUES

Collection d'anciens ouvrages français curieux, en vers ou en prose, littéraires, facétieux ou historiques, et devenus très-rares, réimprimés rigoureusement dans toute la pureté des textes, enrichis de notices et de notes par divers bibliophiles, et tirés à cent exemplaires seulement, dont quatre sur papier de Chine, et deux sur peau vélin, dans le format elzévirien (in-12 de couronne).

Ces réimpressions sont consacrées, on le sait, à des livrets précieux appartenant pour la plupart aux XVIe et XVIIe siècles, se recommandant par la singularité des sujets traités, par le piquant des détails, par la naïveté des expressions, et offrant une image fidèle des opinions, des préjugés, des habitudes de l'époque ; ils présentent surtout le mérite de la rareté. Plusieurs de ces compositions, devenues introuvables, ont atteint des prix exorbitants ; il en est dont on ne connaît plus qu'un seul exemplaire, dont la destinée est peut-être de disparaître. Grâce à nos efforts, ces écrits seront connus de quelques travailleurs ; ils se conserveront dans les armoires d'un petit nombre de curieux, et ils seront préservés d'une destruction complète.

LES DERNIERS OUVRAGES PARUS SONT :

Mignardises amoureuses de l'Admirée ; par Jacques TAHUREAU. Précédé de la *Vie de Tahureau,* par G. COLLETET, et d'une Notice de M. Prosper BLANCHEMAIN, de la Société des Bibliophiles françois. Prix : 12 fr.

Le Prêtre châtré, ou le Papisme au dernier soupir. Réimprimé sur l'édition rarissime et unique de La Haye, 1747 ; et précédé d'une Notice bibliographique et historique. Prix : 6 fr.

Poésie facécieuse, extraite des plus fameux poètes de nostre siècle. Lyon, Ben. Rigaud, 1559. Notice par M. Paul LACROIX, conservateur de la Bibliothèque de l'Arsenal. Le *Manuel* (tome IV, col. 753 et 1159) fait observer que la première édition de ce livre a paru, en 1544, chez Denys Janot, à Paris. Notre réimpression compare et complète les deux éditions anciennes, toutes les deux introuvables aujourd'hui. Nous avons joint à notre volume le *Recueil de plusieurs petites poésies joyeuses pour recréer le lisant,* 1580 (V. *Manuel,* 1154), dont on ne connaît pas d'autre exemplaire que celui du Catalogue Nyon, N° 15427. Prix : 8 francs.